本册主编　陈慧

小磨诗坊

丛书主编　王兆鹏

春

長江出版傳媒｜崇文書局

一芳春意系人情

序

王兆鹏

《小磨诗坊》特点在“小而精”。

小主题。常见诗歌分类选本，多以大主题分，如山水诗选、咏物诗选之类。本丛书是按小主题来梳理切分，一种景物分作一题，一种情感归为一类，聚集呈现。一册在手，可以窥知不同时代、不同作者、不同诗体对同一主题的表现。欣赏者可藉此比较领悟同一主题的不同风格韵致，创作者可揣摩学习同一景物情感的不同表现方式与写作路径。

小规模。每本10万字。可以燃香烹茶，正襟危坐地细细品读，也可以在茶余饭后的碎片化时间里快速浏览。一种主题的流衍变化和N种风情，很快就能了然于心。

小作者。丛书的作者都不是诗词鉴赏大家，属“才露尖尖角”的“小荷”。虽然算不上名家高手，却充溢着青春才子才女们的朝气、才气、灵气，文笔灵动，话语鲜活，有学理性而无学究气。

选目精粹。每书所选诗篇词什，都是在广搜博览的基础上几经汰选而成。切合主题的名篇佳作方能入选。故所选作品，多为百里挑一的精品。

赏析精到。作品鉴赏，既不同于传统的一板正经，如教科书般条分缕析，学术性强而可读性弱；也区别于新潮的天马行空，文笔虽妙，却不着边际，有可读性而无学术性。本丛书坚守学术本位，充分发挥每位作者的灵心慧性，将个体的生活经验、艺术感悟与迁想妙得有机融合，入乎其内又出乎其外，诗心诗境诗法诗艺，拿捏得精准到位。

制作精良。作者团队精心结撰，编辑团队也是细心打磨。如同小作坊制作工艺品，字斟句酌，刮垢磨光，力图打造一部部精品。然能否成为精品，有待高明读者的评鉴印可。

前言

陈　慧

春夏秋冬，四季轮回，亘古不变。钟嵘《诗品序》中说："若乃春风春鸟，秋月秋蝉，夏云暑雨，冬月祁寒，斯四候之感诸诗者也。"四季时序的变化最容易触动诗人敏感的神经，物候的丝毫异动都逃不过他们的眼睛。诗人们在四季中抒发意趣，在四季中寻觅诗境。

四季是从春天开始的。而春天，是从料峭的寒风中开始的。正月孟春，冰雪消融，"水绕冰渠渐有声"，冰面下渐渐传来流水的潺潺声。当第一缕东风吹过原野，沉睡已久的世界苏醒了。这时节，"绿柳才黄半未匀"，柳叶还没有泛青，柳树上才开始抽出鹅黄的嫩芽。接着，"莺鸣一两啭，花树几重开。"总有那么耐不住性子的黄莺发出春天的第一声鸣啭，总有不甘落后的几朵花儿争相开放。动物从冬眠中醒过来，候鸟也应春而至，"泥融飞燕子，沙暖睡鸳鸯。"到了"草长莺飞二月天"，春天就开始热闹了。"碧玉妆成一树高"，柳树已经长成一位亭亭玉立的美人，"千里莺啼绿映红"，江南大地上莺歌燕舞、桃红柳绿，“万紫千红总是春”，造物主倾尽的颜料盘，铺染了一树树的花开。美好的时光总是匆匆而逝，“三月残花落又开”，暮春如期而至。“开到荼靡花事了”，“门外无人问落花，绿阴冉冉遍天涯”，转眼间，春去夏来。

春不仅是自然的季节，也是人的季节。

春天是适合感伤的。一首首题为“春思”的诗词，传递着诗人们各种各样的情愫。新春佳节，良辰美景，最易惹动离情。春总是勾起闺阁的相思愁肠，“燕草碧如丝，秦桑低绿枝”，“莺啼燕语报新年，马邑龙堆路几千”，万里之遥的爱人，你那里春意几许？春总是牵动异乡人的故园梦，“谁家玉笛暗飞声，散入春风满洛城”，游子客居他乡，归期渺渺，便常常寄托于春风送故园入梦，得到片刻慰藉：“春风一夜吹乡梦，又逐春风到洛城。”春总是蕴蓄着深宫人的离情愁怨，从“新妆宜面下朱楼，深锁春光一院愁”的淡淡幽怨，到“寂寞空庭春欲晚，梨花满地不开门”这种无以复加的忧伤，宫女的愁肠百结又有几人知晓？

春天也是适合游乐的。春光明媚，正是郊游踏青的好时候，或许是赶热闹式的倾城而出：“梨花风起正清明，游子寻春半出城。”也许是一个人的随性而行：“云淡风轻近午天，傍花随柳过前川。”无论是哪种游春方式，春风拂面，春芳醉人，都是快乐的。然而“兴来只自得，佳气莫能传。”游春的意兴可以用心体会，却无法对外人道也。

人有伤春、怨春，自然也有盼春、恋春，情随物转，春风，春花，春柳，春日，春夜，春思，都蕴蓄着不同的感情。诗人看似随手采撷，却成了锦绣篇章，然而对物候的敏锐捕捉、细致的观察，再到语言的雕琢、诗境的构建，有太多值得读者去体味的。每一首诗都是一朵花，诗人几乎用尽所有美好的情感，来谱写春天的乐章。我们何不带着诗意去感受、去拥抱那异彩纷呈的世界呢？

孔子曰：不读诗，无以言。中国古典诗歌，源远流长，其中以春为主题的诗歌数不胜数。同一主题，甚至同题的诗歌，由于诗人迥异的人生体验和时代背景，经过不同诗人的演绎，会呈现出完全不同的效果，因为诗作为一种言志的文体，常常赋有诗人独特的情感志趣。读诗的乐趣，就来源于诗人的情感体验与读者的情感体验共鸣的时刻，有悲喜，有离合，才能领略诗词之美。

本书精选了历代歌咏春天的诗词一百余首，皆为历来传诵范围较广的名篇佳作，以唐诗宋词中的经典名篇为主。这些诗歌，反映了不同时代人的社会和生活、喜怒与哀乐，有着不同的艺术审美和思想旨趣。所选作品风格各异，有助于扩大读者的文学视野。读者可以从同一主题，了解作者丰富多彩的艺术生活，领略不同时代的文艺之美，体悟不一样的人生。

接下来，开始一次涤荡心灵的旅程吧！

目录

诗

词

诗

小磨诗坊·春

诗经·郑风·溱洧

先秦 ·佚名

溱与洧，方涣涣兮。
士与女，方秉蕑兮。
女曰观乎？士曰既且。
且往观乎？洧之外，洵訏且乐。
维士与女，伊其相谑，赠之以勺药。

溱与洧，浏其清矣。
士与女，殷其盈矣。
女曰观乎？士曰既且。
且往观乎？洧之外，洵訏且乐。
维士与女，伊其将谑，赠之以勺药。

|辑 评|

【宋】朱熹《诗集传》：赋而兴也。郑国之俗，三月上巳之辰，采兰水上以祓除不祥，故其女问于士曰：盍往观乎？士曰：吾既往矣。女复要之曰：且往观乎？盖洧水之外，其地信宽大而可乐也。于是，士女相与戏谑，且以芍药为赠，而结恩情之厚也。此诗淫奔者自叙之辞。

【清】方玉润《诗经原始》：(《溱洧》）在三百篇中别为一种，开后世冶游艳诗之祖。

赏 读

上巳节是一个古老又热闹的节日，汉代以前的上巳节，时间在夏历三月的第一个巳日，魏晋以后基本固定在三月初三。根据当时郑国的风俗，每年的上巳之日，人们聚集在溱水和洧水边，举行盛大的聚会。人们认为用解冻的河水和香草沐浴，可以洗濯污垢和疾病，祓除不祥。对于青年男女来说，这也是一个郊外游春、恋爱约会的好时机。这首诗描写了郑国上巳节男女春游相恋的欢乐情景。

整首诗分为两章，除了个别字词，两章内容与结构相同。“溱与洧，方涣涣兮。士与女，方秉蕳兮。”勾勒了一幅欢乐的游春图。三月时节，春光明媚，溱水和洧水已经解冻，水波荡漾，河流清澈，男男女女都来到河边，手持着兰草和芍药。接下来的五句，抓住了其中一对青年男女生动跳脱的对白，女子说：“去瞧热闹怎么样？”男子说：“我已经去过了。”女子说：“那就再去一趟，洧水边上地方宽敞又好玩儿。”也许他们是一见钟情，也许是女子爱慕男子很久了，在女子勇敢地邀约后，擦出了爱情的火花。再看那无数的男男女女，他们也在欢快地交谈嬉笑着，互赠芍药作为定情信物。这里的芍药是草芍药，也称江蓠，“江蓠”音同“将离”，“芍药”音同“守约”，古代情人在将离时互赠芍药，以为良约。

这一幅美好的游春图，洋溢着欢乐浓烈的青春气息，歌颂了淳朴的民风习俗。

子夜四时歌·春歌 其一

南朝·佚名

春风动春心，流目瞩山林。
山林多奇采，阳鸟吐清音。

赏读

《子夜四时歌》是南朝乐府，吴地的民歌，郭茂倩的《乐府诗集》中共收录75首，都是细腻地抒写女子四季的日常生活和思想感情的作品，其中《春歌》20首，本篇为第一首。

首句“春风动春心”，即点《春歌》之题，春风拂过大地，吹绿了山川草木，吹开了万紫千红，也吹暖了人们整个冬日里冰封的心，催动着人们赏春的兴致，于是有了后三句景物的描写。“流目瞩山林”将人的目光被美好春色所吸引的流转表现出来，举目环顾，看向远处的山林。“山林多奇采”，“奇采”二字浓缩了山林中的种种绮丽色彩，草木虽然都是郁郁葱葱的青绿，却是深浅不一的，更不用说争奇斗艳的山花，万紫千红，一片绚烂。最后一句由视觉转写听觉，“阳鸟”即春天的鸟，如此绚烂的春光里，怎么少得了活泼可爱的精灵呢？候鸟从南方飞回了，留鸟也都从山谷飞出了，鸟儿欢快地啼啭，唱出清脆动听的声音。诗人就此住笔，将读者带入“鸟鸣山更幽”的余味之中。

这首小诗初读自然朴素，细品却能发现它的独特韵味，清新秀丽，每个字都涌动着春天的脉搏。

子夜四时歌·春歌 其三

南朝·佚名

光风流月初，新林锦花舒。
情人戏春月，窈窕曳罗裾。

| 赏读 |

《子夜四时歌》以四季为主题，却不限于写景，而是常常将四季的物候与女子的感情世界相勾连，这首诗便是一首写恋爱欢愉的作品。

“光风流月初，新林锦花舒。”以“春风”发端，勾画出一个美好的意境：春风轻轻吹拂着，初升的月亮铺洒着清辉，林苑里一片片嫩绿的叶子舒展着，鲜妍的花朵在风中摇曳生姿。“流”字写出了月光的流泻、春光的流转，使得画面充满动态美，“初”“新”表现了春天景物的欣欣生意，“舒”是一种轻松舒展的状态。

“情人戏春月，窈窕曳罗裾。”由景写人。在这美好的春夜里，在花前、在月下，一对恋人在欢快地追逐、嬉戏。少女无拘无束，偶尔曳起长长的花间罗裙，便露出了窈窕的身形。“戏”“曳”字，写出了恋人的缠绵情态和愉悦心情，少男少女的青春气息扑面而来。

这首诗将自然最美好的春风花月，与人世间最美好的青春情怀放在一起，两者相得益彰，营造了一个美妙和谐的诗境。

代春日行

南朝宋·鲍照（414？—466）

献岁发，吾将行。
春山茂，春日明。
园中鸟，多嘉声。
梅始发，柳始青。
泛舟舻，齐棹惊。
奏采菱，歌鹿鸣。
风微起，波微生。
弦亦发，酒亦倾。
入莲池，折桂枝。
芳袖动，芬叶披。
两相思，两不知。

辑 评

【清】沈德潜《古诗源》：声情骀宕，末六字比“心悦君兮君不知”更深。

赏读

鲍照是南朝宋著名文学家，“元嘉三大家”之一，他的诗歌尤其是乐府诗创作颇丰，有三言、五言、七言、杂言等多种体制，突破了传统乐府格律而富于节奏变化，感情饱满，辞藻华美，意境深幽，对李白影响巨大。《春日行》属古乐府《杂曲歌辞》，“代”即拟作，这首三言乐府便是题名本意，以明快的笔调，描写了春日里青年男女郊游的欢乐情景。

开篇两句“献岁发，吾将行”，“献岁”即一年伊始，点明时间并交代出游。“春山茂”以下六句，描绘了郊游时所见的春景：山上青草茂盛，万木欣荣，阳光温暖和煦，林园中鸟声婉转，红梅吐艳，柳枝泛青，多么清新明丽、生机勃勃的春光！

接下来的八句从陆地转到水面，写的是泛舟游赏的乐趣：人们泛舟江上，整齐地划着船桨，有的弹奏着江南的《采菱》曲，有的唱起古朴的《鹿鸣》歌，微风吹起阵阵涟漪，大家在弦歌声中举杯畅饮，共度美好时光。“入莲池”以下四句，着重写女子的水上游乐：姑娘们时而将小船划入莲池，时而靠岸折取桂枝，她们挥动着美丽的罗袖，拨开芬芳的枝叶，美妙如画。

如此良辰美景，赏心乐事，使得同游的青年男女产生“两相思”的微妙情愫，也是自然的结果，但这种相思爱慕是朦胧含蓄的，尚且两不相知。之后或互赠信物，或幽期密约，都是不得而知的，给读者留下了无限的遐想。以“两相思，两不知”收结恰好含蓄蕴藉。

春思

南朝齐·谢朓（464—499）

茹溪发春水，阤山起朝日。
兰色望已同，萍际转如一。
巢燕声上下，黄鸟弄俦匹。
边郊阻游衍，故人盈契阔。
梦寐借假簧，思归赖倚瑟。
幽念渐郁陶，山楹永为室。

|辑 评|

【清】刘熙载《艺概》：语皆自然流出。

【清】沈德潜《古诗源》：觉笔墨之中，笔墨之外，别有一段深情妙理。

赏 读

谢朓是南朝齐杰出的山水诗人，与“大谢”谢灵运同族，世称“小谢”。他的诗歌多以细腻清丽的笔调讴歌自然景色，并融情于景，对唐代山水诗歌影响深远。这首《春思》，依据诗中“茹溪”（在巫山）、“陂山”（在楚地南部）都是楚地名胜，可大致推断，是谢朓在荆州做郡王萧子隆的文学（官名）时所写。

前六句写早春景色，从自然山水风光写起。茹溪涨起了春水，看来是刚下过一场春雨，陂山上朝阳升起。阳光照射下，漫山遍野的兰花给陂山披上了一层蓝色；茹溪里的浮萍本来铺满了水面，却被涨起的春水推动得“一”字排开。好一幅秀美的山水图景！“巢燕声上下，黄鸟弄俦匹。”转写动物，刚出窝的新燕声声叫唤着，黄莺成双成对地飞来飞去，“俦匹”即同伴、伴侣。

异乡又是一年春天，诗的后六句很自然地抒发对故人和故乡的怀念。茹溪、陂山虽然风景甚好，但相对于京师是“边郊”之地，行旅艰难，怕是与久别的故人很难重逢了。“梦寐借假簧，思归赖倚瑟。”连用两个典故，抒发幽思。诗人思归难眠的时候，只能像刘向那样，即使在梦中也要靠吹簧管排解忧思，才能入睡。思乡心切的时候，也学慎夫人和汉文帝，对着故乡的方向鼓瑟高歌。

诗人心中的忧愁越积越深，末句“山楹永为室”化用了汉代庄忌《哀时命》诗：“孰魁摧之可久兮，愿退身而穷处。凿山楹而为室兮，下被衣于水渚。”含蓄地表达了隐居山林的愿望。

春咏

南朝梁·吴均（469—520）

春从何处来，拂水复惊梅。
云障青琐闼，风吹承露台。
美人隔千里，罗帷闭不开。
无由得共语，空对相思杯。

|辑 评|

【明】杨慎《升庵诗话》：起句之妙，可以为法。

【清】沈德潜《古诗源》：一起飘逸。

赏读

吴均是南朝梁文学家，《梁书·吴均传》说他“文体清拔有古气”。这首诗的诗题一作“春怨”，从内容来看，确是一首抒发春怨的作品，写得清雅秀逸。

起首两句非常巧妙，先设问“春从何处来”，却不直接作答，“拂水复惊梅”写春的踪迹，春风吹绿了湖水，又惊醒了梅花，使其绽放花蕾。说明春天不是突然到来的，而是不知不觉地潜入到山川草木中，引起万物的萌发和生长。

“云障青琐闼，风吹承露台。”以下转写深宫的景色。“青琐闼”指宫门，“承露台”也是宫廷建筑。春风已经吹到了承露台，而美人居住的宫殿门口却依然云遮雾罩，春闱紧闭，与美人相隔犹如千里。春光如此美好，却不能与美人共赏，一腔相思之情无法吐露，只有一人独饮黯然神伤。

对于诗中“思美人”的主旨，可以将其理解为爱情诗，但自屈原以后，历代诗人更常用“思美人”兴寄，表达对理想、贤君的向往。吴均家世贫贱，终生不得志，作为一位史学家，他撰写《齐书》想借起居注和群臣行状，不被梁武帝批准，于是私撰《齐春秋》，因为如实记载梁武帝是齐明帝佐命之臣，触犯武帝，而后被焚书免职。这首诗也许就是写于类似的挫折之后，“美人”喻美政、明君，诗人理想无法实现，又和君主之间隔着“云障”，或是谄佞的小人，或是其他阻碍，总之是相隔千里，只能在诗中含蓄地表达着忧思。

奉和春夜应令

南朝梁·庾肩吾（487—551）

春牖对芳洲，珠帘新上钩。
烧香知夜漏，刻烛验更筹。
天禽下北阁，织女入西楼。
月皎疑非夜，林疏似更秋。
水光悬荡壁，山翠下添流。
讵假西园燕，无劳飞盖游。

|辑 评|

【清】沈德潜《古诗源》：写景娟秀。

赏读

庾肩吾是南朝梁文学家，诗题中“应令”指应太子之命而和的诗文。

开篇以闺中女子的视角，写窗口正对着芳草丛生的小洲，“牖”即窗户，于是将珠帘搭上帘钩，且看一看窗外的春色。“烧香知夜漏，刻烛验更筹。”侍儿点燃了香炉，檀香缭绕，才令女子意识到夜晚的降临，“漏”“更筹”是古代计时的器具，“刻烛”也是在烛上刻度数烧以计时。凡此种种意象，都暗示时间的流逝，渲染了春夜清寂的氛围。

接下来视线由室内转向了室外，天禽星和织女星在阁楼上闪烁着。“月皎疑非夜，林疏似更秋。”是写景名句，“疑”和“似”表明这是不真实的主观感觉，月色皎洁得如同白昼，不像夜晚，而远处原本郁郁葱葱的树林，如今只有枝干依稀可见，借着清冷的月色，给人一种秋天降临的错觉。“水光悬荡壁，山翠下添流。”明月照水，波光粼粼，石壁上反射的水光悬空着、晃动着，沿岸的山林青翠欲滴，给一池春水更添了几分绿意。这两句表现了月光与水光交融、山色与水色流通的灵动的美感。

诗的结尾两句，反用曹植的《公宴诗》中的“清夜游西园，飞盖相追随。”如此好的夜景，倒不需要像曹丕曹植那样，西园宴饮、驱车游赏了。这里以曹氏兄弟喻萧氏兄弟，贴切合体。

这首诗意象丰富，意境含蓄幽邃，语言灵巧而不着痕迹，生动地表现了春夜的柔美、清寂和空灵。

奉和湘东王春日

南朝梁·鲍泉（？—551）

新莺始新归，新蝶复新飞。
新花满新树，新月丽新辉。
新光新气早，新望新盈抱。
新水新绿浮，新禽新听好。
新景自新还，新叶复新攀。
新枝虽可结，新愁讵解颜。
新思独氤氲，新知不可闻。
新扇如新月，新盖学新云。
新落连珠泪，新点石榴裙。

| 辑 评 |

【明】王世贞《艺苑卮言》：一时游戏之语，不足多尚。

赏读

由诗题可知，这首诗是鲍泉奉和湘东王萧绎的《春日》而写。湘东王，即梁元帝萧绎，初封湘东王。原作萧绎的《春日》写春日里思妇的怀春之情，每句含一两个“春”字。这首和诗便遵循原作的主旨和体式，以“新”字和“春”字，不仅紧扣原诗的“春”意，意蕴也更加丰富，由春景写到春思。

前四句选取了初春典型的景物：刚飞回的黄莺，才学着试飞的蝴蝶，花树上含苞的花蕾，初洒清辉的新月，好一派春意萌动、万象更新的景象！“新光新气早，新望新盈抱。”紧接着上句，写春月满怀，“望”即农历十五，由“新月”到“新望”，意味着时间从月初推移到了月中。“新水新绿浮，新禽新听好。”将视角从陆地转移到水上，水中漂着嫩绿的浮萍，鸟儿唱出悦耳的歌声，“新禽”与首句“新莺”相呼应。

“新景自新还，新叶复新攀。”这两句承上启下，前句总结了春天新的景物纷纷到来，后句由写景转向写人，人们开始采摘嫩桑养蚕了。“新枝虽可结，新愁讵解颜。”写采桑女的心事：桑枝固然可以挽住采摘，我心中的愁又怎样才能消解呢？“新思独氤氲”补充写愁之多，“氤氲”用得极妙，心中之愁犹如浓云缭绕，无法消散。接着“新知不可闻”便道出了愁多的原因：少女新结识的知心情人现在一点消息也没有，少女既关心情人的健康和安危，也担心会被心上人忘记甚至抛弃。

“新扇如新月，新盖学新云。”少女忧思难解，只好用美好憧憬来宽慰自己。新裁的团扇和春天的满月都象征着团圆，“新盖”是古时新娘用的红盖头，像云彩一样覆盖在头上。这两句是少女幻想着与心上人团聚,成为幸福的新娘。幻想的幸福终究是短暂而虚幻的，当少女清醒过来，现实只会令人更加悲伤。只能任由眼泪像断了线的珍珠,簌簌落下,打在美丽的石榴裙上。

这首诗由景入情，以乐景衬哀情，把女子的内心情感描写得细腻动人，层层推进，曲折婉转。

早春

南朝·宗懔（502—565）

昨暝春风起，今朝春气来。
莺鸣一两啭，花树数重开。
散粉成初蝶，剪彩作新梅。
游客伤千里，无暇上高台。

赏读

宗懔是南北朝时期的大臣，先后在梁和北周任官，也是著名学者，有《荆楚岁时记》著称于世。这首诗是他在入周以后所写，虽然有齐梁诗的痕迹，但风格清新婉巧，没有绮靡之气。

开篇两句直接点题：昨夜一阵春风吹起，今天清晨便感觉到了春天的气息。点明正是早春时节。接下来四句写的便是“春气”降临的具体表现。“莺鸣一两啭，花树数重开。”偶尔听见黄莺的一两声鸣啭，树上的花蕾新开了一层又一层，“一两”“数重”的小数量词，突出时令尚早。

“散粉成初蝶，剪彩作新梅。”包含两重含义，既是虚写故乡剪纸的风俗，也是实写眼前的春景。明媚的春光下，飞舞的彩蝶像是花粉飘散而成的，新开的梅花好像是贴上去的剪纸，这令诗人联想起南方故乡新春剪纸的习俗，手巧的人们剪彩制成的蝴蝶和梅花便是这般栩栩动人。这两句的联想，为下文的思乡之情做了铺垫。

最后一联“游客伤千里，无暇上高台。”基调忽然一沉，离乡千里之外，看到春光无限美好，不禁生出思乡的怅惘，哪里还有闲暇的心情去登台赏景呢？

春日

南朝陈·徐陵（507—583）

岸烟起暮色，岸水带斜晖。
径狭横枝度，帘摇惊燕飞。
落花承步履，流涧写行衣。
何殊九枝盖，薄暮洞庭归。

|辑 评|

【清】王夫之《古诗评选》：细熨无双。

赏读

徐陵是南朝陈著名的宫体诗人，与庾信齐名，并称“徐庾”。编有著名的《玉台新咏》。

“岸烟起暮色，岸水带斜晖。”傍晚，诗人来到河边，只见暮色苍茫如烟，使得河岸笼罩在一片静谧之中，落日的霞光投射在清澈的河水中，映照得水光绚烂，好一幅静谧美丽的画面。“径狭横枝度，帘摇惊燕飞。”由远及近，从“帘”字可推断诗人是乘轿出游的，狭窄的小道上时常有嫩枝挡道，轿夫们不得不拂开横斜的树枝，才能前进，山野中的燕子看到摇晃的轿帘，吓得赶紧飞走了。“横”字突出了树枝的横斜茂盛，“惊”字表现了燕子的灵敏狡黠，富含情趣。

轿中赏景终归不够尽兴，于是诗人走出轿子，悠然信步。“落花承步履，流涧写行衣。”晚风吹拂，落英缤纷，像是要铺出一条花路来承受诗人的步履。当走过清澈的水涧，水中清晰可见飘逸的身影，比临摹的丹青更要传神！“何殊九枝盖，薄暮洞庭归。”写薄暮归来，照应开头。“九枝盖”指装饰着九花的车盖，诗人于薄暮时从洞庭湖归来，就像是乘着饰有九花的仙人车仗一般。

古诗中的“春日”，多写春光明媚的白天，这首诗却偏写暮色中出游，奇观妙境一一呈现，诗人的愉悦心境也一览无余。

春日诗

南朝·江总（519—594）

水苔宜溜色，山樱助落晖。
浴鸟沉还戏，飘花度不归。

赏读

江总是南朝陈的亡国宰相，宫体艳诗的代表诗人之一。这首描写春景的小诗，精工别致，体现了宫廷诗人的典型风格。

这首小诗一句一景。“水苔宜溜色”写水色。澄澈的小溪水里，青苔越发显得青绿了，仿佛溪水也被染上了翠色，“溜”字用得别致有趣，表现出溪水的流动、色彩的晕染。“山樱助落晖”点明时间，傍晚时分，山上的樱花开得正艳，灿若云霞，和落日的余晖相互映衬，给黄昏增添了一分暮色。“浴鸟沉还戏”一句把视线由山上转回水中。鸟儿在水中沉浮嬉戏，使得静谧的春山增添了生灵的气息，也更显现出山中的幽静。前三句充满绿意生机，表达了诗人对春日由衷的喜爱。

结句“飘花度不归”与第二句相呼应，绚烂的极致意味着必然的衰落。春风吹过山樱，花瓣簌簌而落，落花顺着溪水流走，便一去不回了。以落花流水作结，意蕴绵长，流露出诗人的惜春之情。

整首诗没有浓墨重笔的色彩，只是将水色和山中暮色轻轻渲染，寥寥几笔，简练紧凑，却将景物描写得细致入微，正是这细微之处流露着诗人的主观意趣。

春夜

唐·虞世南（558—638）

春苑月裴回，竹堂侵夜开。
惊鸟排林度，风花隔水来。

赏读

虞世南是隋末唐初诗人，唐太宗名臣，官至秘书监。他博学多才，倡导振兴古风，曾劝阻唐太宗不要写宫体诗。他自己虽不写宫体题材，却并未完全摆脱六朝以来繁芜华丽的诗风。倒是偶尔随意写出的小诗，却颇有韵味，比如这首《春夜》。

这首诗描写春夜的园林景色。首句“春苑月裴回”铺开了一个广阔的背景图画：春天的皇家园林里，月亮在天空徘徊，月色的笼罩使得园中所有景色都蒙上了一层清冷澄静的色彩。

接下来三句诗人将镜头拉近，聚焦到园中别有生趣的景物。“竹堂侵夜开”，竹林环绕的厅堂，本来是极幽深之处，在这静谧的夜色中，诗人没有说它紧闭，而是打开了，给人无限的遐想。“惊鸟排林度”，受惊的鸟儿从树林中临空飞起，排行而过，这不仅是一幅极具画面感的动态图，同时是自带声音效果的，夜鸟惊飞往往是因为寂静中猛然的声响才被人注意的。“风花隔水来”，诗人闻到幽幽的花香，可眼前并没有花草，原来是春风送来隔岸花草的阵阵清香，隐隐约约感觉花草风吹影移，像是要从水上漂来。

春夜静谧清新，月亮徘徊，竹堂门开，惊鸟飞过，花香飘来，都是极细微的动景，给寂静的春夜增添了无尽的生趣。诗人敏锐的观察力，以及捕捉瞬间美景的精准笔触，着实令人佩服。

春江花月夜二首 其一

隋 · 杨广（569—618）

暮江平不动，春花满正开。
流波将月去，潮水带星来。

辑 评

【明】张溥《汉魏六朝百三家集题辞 · 隋炀帝集》：陈隋文哀，帝王有作，与众同波。

【清】陈祚明《采菽堂古诗选》：写景语并宏亮，其气浑浑，自踞唐先。

赏读

亡国之君，多被毁誉，隋炀帝杨广在人们心中是一个骄奢淫逸的暴君形象，他的文学成就却少被提起。杨广的诗风广阔丰富，诗作也是清雅正声，并不淫艳。这首《春江花月夜》是本题现存最早的两首之一，对唐代张若虚的同题诗《春江花月夜》影响很大。

这首诗紧扣诗题的五个字。“暮江平不动”写黄昏时分的春江，暮色笼罩下的江面风平浪静、水波不兴。“春花满正开”转写江岸的花，“满”字表现了春花似火、遍地开放的盛景。前两句的景物是平缓宁静的。

“流波将月去，潮水带星来。”三四句转写春江的动态美。从暮色沉沉的黄昏，到了星月皎洁的夜晚，此时春潮开始涌动，江面不再平静了，倒映在江水中的月光、星光，也随着潮水而翻涌着。“将月去”“带星来”是点睛之笔，不仅暗示了春夜的流逝，使整首诗静中有动，又将江水浩荡、星月交辉的情景表现得灵动、壮美。

诗人并不止于孤立地描写春江、春花和天上的星月，而是使所有的景物浑融一体，格局高远，营造了一个奇幻的春江夜景。

和晋陵陆丞早春游望

唐·杜审言（645？—708？）

独有宦游人，偏惊物候新。
云霞出海曙，梅柳渡江春。
淑气催黄鸟，晴光转绿苹。
忽闻歌古调，归思欲沾襟。

| 辑评 |

【元】方回《瀛奎律髓》：律诗初变，大率中四句言景，尾句乃以情缴之。起句为题目。审言于少陵为祖，至是始千变万化云。起句喝咄响亮。

【明】陆时雍《唐诗镜》：三、四如精金百炼。“云霞出海曙，梅柳渡江春”，“曙”“春”一字句，古人琢意之妙，起结意势冲盈。

俞陛云《诗境浅说》：此诗为游览之体，实写当时景物。而中四句“出”字、“渡”字、“催”字、“转”字，用字之妙，可为诗眼。春光自江南而北，用“渡”字尤精确。

赏读

杜审言在唐高宗咸亨元年（670）中进士后，仕途失意，一直充任县丞、县尉之类的小官。武则天永昌元年（689）前后，他来到江阴县任职。陆丞是诗人同郡邻县的僚友，不详其名，当时在晋陵（今江苏常州）任县丞。两人在早春时节同游风景，作诗唱和，这首诗就是为陆丞原唱《早春游望》所写的同题唱和。

诗一开篇，诗人自叙自身的处境：宦海沉浮将近二十年，长年在异乡独身漂泊，让诗人对江南季节物候的变化感到新奇。

中间两联紧承“物候新”，具体描写江南早春的景色。拂晓时分，云霞灿烂似锦，仿佛是从海面上涌出的一样，梅花缤纷、杨柳吐翠，似乎是带着春天从江南渡过来。“出”和“渡”字化静为动，将江南早春细微的物候变化表现得贴切而传神，使诗歌意境更富有动态美。颈联将视线由远及近，进一步描写春天带来的物候变化，温暖的天气催促着黄莺早早啼叫，晴朗的春光使得萍草更加油绿。这里的“催”“转”二字将气候、晴光拟人化，呈现出春天使得万物复苏的动态。

春景往往触动异乡人的思归情怀，这首诗也不例外。诗人听到陆丞高古典雅的《早春游望》，更加勾起了思归的情绪，不禁泪湿衣襟。诗人感物伤怀，以乐景衬哀情，表达了宦游他乡、归思难耐的伤感。

渡湘江

唐·杜审言（645？—708？）

迟日园林悲昔游，今春花鸟作边愁。
独怜京国人南窜，不似湘江水北流。

辑评

【明】胡应麟《诗薮》:（初唐七绝）初变梁、陈，音律未谐，韵度尚乏。惟杜审言《渡湘江》《赠苏绾》二首，结皆作对，而工致天然，风味可掬。

【明】唐汝询《汇编唐诗十集》: 初唐七绝之冠。

【明】周敬、周珽《唐诗选脉会通评林》: 陈隋靡丽极矣，必简翻尽陈调。如“迟日园林”一章，练神修意，另出手眼，遂令光景一新。

赏读

唐中宗神龙元年（705），杜审言因与张易之兄弟交往获罪，被贬到峰州（今越南越池东南）。诗人在流放途中，渡湘江南下时，面对春回大地、鸟语花香、湘江北流的风光，想起往昔岁月和如今的遭遇，不禁勾起悲思，写下这首诗。

首句“迟日园林悲昔游”，诗人由眼前的春景勾起了对往昔春游的回忆。“迟日”即春日，春天日渐长之意，春光的明媚点染出当时的游乐心情，当年诗人和朋友们在京城的园林中游赏风景，是多么惬意。“悲”是诗人如今的心情，想起昔日的快乐，更显得眼前处境的可悲。次句由回忆回到现实，“今春”对照“昔游”，昔日长安游春，鸟语花香是令人赏心悦目的，而如今的花鸟却是流放边疆的途中所见，转而成了触发边愁的景物。同样的景致因为诗人的不同处境，而沾染了全然不同的情感色彩。

最后两句点破诗题，抒发感慨。“独怜京国人南窜”交代了悲与愁的原因：诗人被贬谪到南方极为偏远的峰州，如今在向南流放的途中，离京城越来越远，却不知何时才能回来，怎能不悲、不愁呢？“独怜”二字蕴含着诗人自叹自怜的无奈，“窜”字刻画出了被流放者的失意和狼狈。湘江的水向北滔滔流去，本是自然的趋势，但因为与诗人所去方向相反，不禁令诗人生出羡慕的慨叹，“人南窜”与“水北流”对比鲜明，令人倍感愁意。

春江花月夜

唐·张若虚（660？—720？）

春江潮水连海平，海上明月共潮生。
滟滟随波千万里，何处春江无月明！
江流宛转绕芳甸，月照花林皆似霰。
空里流霜不觉飞，汀上白沙看不见。
江天一色无纤尘，皎皎空中孤月轮。
江畔何人初见月？江月何年初照人？
人生代代无穷已，江月年年只相似。
不知江月待何人，但见长江送流水。
白云一片去悠悠，青枫浦上不胜愁。
谁家今夜扁舟子？何处相思明月楼？
可怜楼上月徘徊，应照离人妆镜台。
玉户帘中卷不去，捣衣砧上拂还来。
此时相望不相闻，愿逐月华流照君。
鸿雁长飞光不度，鱼龙潜跃水成文。
昨夜闲潭梦落花，可怜春半不还家。
江水流春去欲尽，江潭落月复西斜。
斜月沉沉藏海雾，碣石潇湘无限路。
不知乘月几人归，落月摇情满江树。

| 辑 评 |

【明】钟惺《唐诗归》：浅浅说去，节节相生，使人伤感，未免有情，自不能读，读不能厌。又云：将“春江花月夜”五字，炼成一片奇光，分合不得，真化工手。

【明】李攀龙《唐诗选》：绮回曲折，转入闺思，言愈委婉轻妙，极得趣者。

【清】沈德潜《唐诗别裁》：前半见人有变易，月明常在，江月不必待人，惟江流与月同无尽也。后半写思妇怅望之情，曲折三致。题中五字安放自然，犹是王、杨、卢、骆之体。

赏读

张若虚是初唐诗人，“吴中四士”之一，他传世的作品寥寥,《全唐诗》中仅存两首,但凭着《春江花月夜》这一杰作，“孤篇横绝，竟为大家”。

全诗九段三十六句，四句一韵，结构严谨，字句雕琢，紧扣着春、江、花、月、夜五种景物展开描写。“春江潮水连海平”以下四句，以开阔的远景起笔：夜幕降临，春天的江潮水势浩荡，仿佛与大海相连，明月随着潮水的涌动而升起，月光照耀江上千万里。“江流宛转绕芳甸”四句转写近景，以水中月转写到空中月，并将“花”纳入了视野。江水曲折萦绕，绕过芳草丛生的原野，月光洒落在花树上，像凝结了一层银亮的雪。夜渐渐深了，隐约感觉到了空中流动的霜，岸边的白沙汀已经隐隐淡出了视线。至此，诗题中的五个意象已经铺陈完毕，自然而然地转入下一重意境。“江天一色无纤尘”四句由月引出江畔的人，引出个体对时间的追问“江畔何人初见月？江月何年初照人？”，这些都是从何时开始的？“人生代代无穷已”四句以群体角度对宇宙观反思，人生一代代的人只不过是一次次的轮回，而月儿为何夜夜悬于夜空？诗人追问着，却找不到答案，只能看着月光下奔腾而去的大江，“逝者如斯夫”，诗人只看到了生命的流逝。

“白云一片去悠悠”以下从自然宇宙转入了人间的离愁，接下来的八句是大篇幅的抒情，有扁舟、楼台、离人，而“明月”始终贯穿，通过几组意象描写了离愁和闺情。漂泊在孤舟上的游子，看到这样一轮明月，如何不牵动着思想的愁绪呢？楼台上思念的女子是多么孤独，令月儿都徘徊着不忍离去，想要与她作伴，岂知有月光的地方思念更浓，妆镜台前、玉户帘中、捣衣砧上，月光“卷不去”又“拂还来”，令人愁上添愁。“昨夜闲潭梦落花”以下八句，再次转入游子的视角，诗人的思绪变成了天上的鸿雁、水底的鱼龙，梦到了花落入潭水之中，可自己却还漂泊流离着。江水依然流淌着，春夜却将尽了，江面升起的浓雾遮蔽了已经西斜的月儿。不知这一夜有多少人能乘月而归，“落月摇情满江树”，整晚的万千思绪伴着落月最后的余晖，洒在了江边的树林中，归于沉寂了。

这首诗涵盖了以往山水诗、哲理诗、爱情诗，紧扣诗题中的五个意象，情随物移，绘成了一幅曲折隽永的画卷，令人沉醉在那深邃迷蒙的意境中。而诗中哲学层面的渗透，更扩大了诗的格局，闻一多先生称这首诗为“诗中的诗，顶峰上的顶峰”，正是因为诗中那“更夐绝的宇宙意识，一个更深沉，更寥廓更宁静的境界。”

登城春望

唐·王勃（650？—676？）

物外山川近，晴初景霭新。
芳郊花柳遍，何处不宜春。

|辑 评|

【明】陆时雍《唐诗镜》：王勃高华。

【明】胡应麟《诗薮》：王勃兴象宛然，气骨苍然，实首启盛、中妙境，五言绝亦抒写悲凉，洗尽流调，究其才力，自是唐人开山祖。

【清】管世铭《读雪山房唐诗序例》：王勃绝句，若无可喜，而优柔不迫，有一唱三叹之音。

赏读

王勃是唐代著名诗人，“初唐四杰”之首，他自幼聪敏，十六岁时就进士及第，授职朝散郎。他的仕途却接连不顺，先是因作《斗鸡檄》被赶出沛王府，后来又在任虢州参军时因私杀官奴被免职。这首诗很可能是第二次被免职后所作，这次的打击对王勃是巨大的，甚至牵连到他的父亲，以至于后来王勃拒绝了恢复参军之职。于是王勃决定弃官为民，超然物外，寄情山水，这首诗便是反映了这种思想。

首句便道出“物外山川近”的思想，只有置身于世事之外，才能亲近山水，发现自然之美。以下三句具体铺写“山川近”，写诗人登城远望的春景。“晴初景霭新”是仰视所见，天气刚刚放晴，日光和云气都分外清新，表现了春日带来的清新怡人的感受。“芳郊花柳遍”是俯视所见，美丽的郊野无边无际，到处都鲜花盛开、杨柳青青，一片蓬勃生机。所以诗人发出“何处不宜春”的赞美，处处花红柳绿，还有什么地方不春色宜人呢？

这首诗紧扣“登城春望”的诗题，视野高远宏阔，将极目所见的日光、云气、芳郊、花柳这些景物囊括进来，极力表现了山川的壮美、春色的宜人，诗人超然物外、寄情山水的心境也蕴蓄在这些春光美景之中了。

仲春郊外

唐·王勃（650？—676？）

东园垂柳径，西堰落花津。
物色连三月，风光绝四邻。
鸟飞村觉曙，鱼戏水知春。
初晴山院里，何处染嚣尘。

辑评

【明】许学夷《诗源辨体》：鸟飞村觉曙，鱼戏水知春。……语虽近靡，而风格自胜，断非六朝人语。

赏读

这首诗大约写于王勃任虢州参军时期（673—674），同时期的作品还有《郊兴》《郊园即事》《春日还郊》等。这是一首郊外踏青的诗作，描写了仲春清幽美丽的山野风光。仲春，即农历二月。

首联“东园垂柳径，西堰落花津。”以对偶句起笔，勾勒了一幅春意盎然的景象：东园的小径上，杨柳青青，柳枝披拂，西坝那边的渡口，落英缤纷。“物色连三月，风光绝四邻。”紧承上联的美景，“连”“绝”表现了诗人对此处风光的盛赞，鲜妍明媚的风景已经连续多月了，此处的风光绝佳，远胜过周围地方。

颈联写春鸟和鱼的动态。“鸟飞村觉曙”，鸟儿在村中盘旋，人们便知拂晓降临了，与孟浩然“春眠不觉晓，处处闻啼鸟”有异曲同工之妙。“鱼戏水知春”，鱼儿在水中嬉戏，仿佛也感到暖暖的春意。诗人抓住了春天生动的物象，表现了鱼鸟给春天带来的勃勃生机。

尾联“初晴山院里，何处染嚣尘。”在写景的基础上，表达思想感受。诗人站在春日初晴的山院里，感受着澄明静谧的环境，“何处”以反问加深了语气，也反衬出诗人对官场污浊喧闹的厌倦。

春日行歌

唐·刘希夷（651？—680？）

山树落梅花，飞落野人家。
野人何所有，满瓮阳春酒。
携酒上春台，行歌伴落梅。
醉罢卧明月，乘梦游天台。

|辑 评|

【元】辛文房《唐才子传》：（希夷）苦篇咏，特善闺帷之作，词情哀怨，多依古调，体势与时不合，遂不为时所重。

【清】翁方纲《石洲诗话》：刘汝州希夷诗，格虽不高，而神情清郁，亦自奇才。

赏读

刘希夷是初唐诗人，他擅长从军、闺情诗，婉婉华丽，多感伤情调，《代悲白头翁》是他著名的代表作。他有很多赏春、惜春的作品，比如《春女行》《代闺人春日》《晚春》，这首五言诗《春日行歌》，写的却是春日的游乐，有种落拓疏狂的豪气。

首句以“一枝独先天下春”的梅花起笔，“山树落梅花，飞落野人家。”初春时节，山中尚有寒意，梅花盛放，朵朵花瓣飘落到了乡野农家的院落中。接着诗人的笔触便随着落梅来到庭院，“野人何所有，满瓮阳春酒。”住在这荒野山中的农家有什么呢？他们只有大瓮大瓮自酿的阳春酒，满院酒气飘香。山中父老热情好客，以好酒相待。

接下来四句点名诗题，写的便是春日行歌醉酒的乐趣。“携酒上春台，行歌伴落梅。”诗人携带着醇香的美酒，来到了春天赏景的高台，在漫天纷飞的落梅中高歌一曲，多么富有诗意和浪漫色彩的画面啊。“醉罢卧明月，乘梦游天台。”诗人赏着美景，饮着美酒，不知不觉已有些醉了，便就地而卧，明月朗照，飘飘忽忽中，来到了佛家胜地天台山，如临仙境。

这首诗语言平易，情感流露疏狂而自然，将春日山中游乐的悠闲自适表现得淋漓尽致，诗的最后写到醉后梦游仙境，便是游乐的极致。

咏柳

唐·贺知章（659？—744？）

碧玉妆成一树高，万条垂下绿丝绦。
不知细叶谁裁出，二月春风似剪刀。

|辑评|

【明】钟惺《唐诗归》：奇露语开却中晚。

【明】黄周星《唐诗快》：尖巧语，却非由雕琢所得。

【清】黄叔灿《唐诗笺注》：赋物入妙，语意温柔。

赏读

贺知章是盛唐前期诗人，为人旷达不羁，有“清谈风流”之誉。与张若虚、张旭、包融齐名，称为“吴中四士”。他的诗歌以绝句见长，尤其以写景、抒怀的作品风格独特，清新潇洒。历来咏柳诗甚多，贺知章的《咏柳》是最为后世称道的一首，吟咏的是二月的杨柳。

“碧玉妆成一树高”，杨柳摇身一变，化身为梳妆一新、亭亭玉立的美人。以“碧玉”形容柳树，有两重意味，一是碧绿色的美玉，与绿柳颜色相符；二是年轻貌美的女子，正如南朝乐府《碧玉歌》中“碧玉破瓜时”，南朝萧绎《采莲赋》中“碧玉小家女”，“碧玉”总给人美好的联想。柳枝在风中曼妙轻拂，如同袅娜多姿的美人在起舞，那垂垂下坠的柳叶，是她玉衣上美丽的绿丝带。千丝万缕，又是由哪位巧夺天工的匠人裁剪而出呢？诗人这一设问，再一自答，便由柳树自然地过渡到春风。原来是春风这把灵巧的剪刀，裁剪出了细嫩的柳叶，裁出了这大地上的桃红柳绿、繁花似锦，令我们看到这焕然一新、生意盎然的春天。

整首诗语言平易亲切，比喻新颖，想象奇特，寥寥几笔，将春柳的袅袅婷婷、春风的多情灵巧描写得恰到好处，令人仿佛置身于春风荡漾的二月。

春夜别友人二首 其一

唐·陈子昂（659—700）

银烛吐青烟，金樽对绮筵。
离堂思琴瑟，别路绕山川。
明月隐高树，长河没晓天。
悠悠洛阳道，此会在何年。

|辑 评|

【明】蒋一葵《唐诗选汇解》：五、六语佳，“明月”“长河”似秋夜，不见春景。

【清】王夫之《唐诗评选》：雄大中饶有幽细，无此则一笨伯。结宁弱而不滥，风范固存。

【清】黄生《唐诗矩》：全篇直叙格。拈著便起兴，体极佳。明月已隐高树，长河又没晓天，别思之急可知。用“已”“又”二字分背面，谓之背面对，使不知此对法，未有不以“隐”“没”二字为重复者矣。用“此会”二字缩住起处，写景方有着落。此题有二首，“春”字在第二首见，昔人病其五、六不切春景，终管窥之论也。

赏读

陈子昂是初唐著名诗人，初唐诗文革新人物之一，他的诗风骨峥嵘，寓意深远，苍劲有力。武则天光宅元年（684）的春天，此时二十六岁的陈子昂，即将离开家乡四川射洪，奔赴东都洛阳，求取功名。临行前，友人在一个温馨的春夜设宴为他践行，这首诗便是一首离别之作。

诗的前两联，写的是临别宴会上的场景，诗人与友人相对而坐却两相无言，只是怅然若失地看着明亮的蜡烛吐着缕缕青烟，面对华美的筵席，他们除了频频举起酒杯，也没有什么劝慰的话了。要趁还没有分别，在这饯别的厅堂里回忆着与友人的深厚情谊，因为分别后山川阻隔、路途遥远，便再难重逢了。“琴瑟”，指朋友宴会之乐，语出《诗经·小雅·鹿鸣》：“我有嘉宾，鼓瑟吹笙。”这两联道出了离别的依依不舍和将孤身远行的感伤。“明月隐高树，长河没晓天。”从室内的筵席转向了户外的春夜景色，紧承前文依依惜别的情感，筵席终有散去的时候，不知不觉深夜已经过去，明月隐蔽在高高的树林后面，银河也消失在拂晓之中了。分别的时刻终于来临，诗人不禁发出感叹：我即将踏上那悠远的洛阳大道，今日一别，不知何时才能再见！

这首赠别的诗歌没有过多哀伤的字眼。“明月隐高树，长河没晓天”这联颇为有名的春景诗句，以宏阔的时空背景，烘托了诗人幽深的情思。

春江晚景

唐·张九龄（678—740）

江林多秀发，云日复相鲜。
征路那逢此，春心益渺然。
兴来只自得，佳气莫能传。
薄暮津亭下，余花满客船。

|辑 评|

【明】胡震亨《唐音癸签》:（张九龄诗）结体简贵，选言清冷，如玉磬含风，晶盘盛露，故当于尘外置赏。

【清】黄叔灿《唐诗笺注》:写景只在首二句，三、四却用虚笔。征行逢此，自觉春思渺然，赏心自得，莫可言传，只写情而景在其中。落句再补写春江景色，而渺然意自见。

赏读

张九龄是唐开元间的名相、诗人。他的诗歌风格雅正冲淡，情韵隽永，对扫除唐初所沿袭的六朝绮靡诗风，贡献尤大。《春江晚景》这首诗写作时间已难以考证，但总的来说表现了张九龄一贯的清澹的特点。

开篇描写江畔林中的春景，“江林多秀发”是说江畔树木茂盛。“秀发”指枝叶繁茂，花朵盛开，语出《诗・大雅・生民》：“实发实秀。”“云日复相鲜”这句化用了谢灵运《登江中孤屿》的诗句：“云日相辉映，空水共澄鲜。”此处化用得十分自然，描绘了天上落霞和夕阳交相辉映的鲜丽景色，含蓄地流露出诗人的喜悦心情。

颔联直接抒情，诗人在征行途中遇到如此美景，不禁喜出望外，更叫人春心悠远，“春心”便是由春景引发的意兴。“兴来只自得，佳气莫能传。”进一步写“春心”的难得，游春的意兴可用心体会，却不能用言语表达。

尾联再转而写景，描绘了日暮时分春江的景色。日落西山，整个江面都笼罩在一层薄薄的暮霭之中，静谧美丽。渡口旁边花树灿烂，飘落的花瓣随风洒落在渡口的客船上。如此绮丽动人的景象，令人沉醉。诗的最后以美景作结，余韵无穷。

诗的结构巧妙，首尾两联描写的是实景，中间两联抒情，而景自在其中。整首诗情景交融，耐人寻味。

宴词

唐·王之涣（688—742）

长堤春水绿悠悠，畎入漳河一道流。
莫听声声催去棹，桃溪浅处不胜舟。

赏读

王之涣是盛唐著名诗人，虽然他的诗歌散佚严重，《全唐诗》中仅存六首绝句，但作品质量都非常之高。这首《宴词》描绘了宴会时所见的美好春色，抒发诗人的离愁。

前两句描绘了宴席上远望漳河春意盎然的景象。长长的河堤向前伸展着，堤中碧波荡漾，春水缓缓向前流动，一个“绿”字点明了春意。田间的小沟里，渠水缓缓流淌着，最终汇入漳河，流向远方。这两句看似只是写景，悠悠的春水却好似离别的愁绪那么长。渠水可以汇入漳河一起向前流去，而自己却不能和友人一道前去，含蓄地表现了离愁。

后两句借景抒情，“莫听声声催去棹”这句从视觉自然转向听觉，怀着这样的心情，河中声声急促的船桨声显得格外刺耳，仿佛在催促着友人离去，“莫听”以劝慰的口吻，劝友人不要听那声声催促的船桨声，感情真挚动人，“桃溪浅处不胜舟”含蓄地表达了诗人对友人的不舍，不直接说希望友人多住几日，而是说溪水太浅，不能承受远行的舟。以“溪浅”反衬出离愁之重。

整首诗无一字言愁，却用含蓄的笔法，令人感受到诗人悠远无边的离愁。末句与李清照的名句“只恐双溪舴艋舟，载不动许多愁”有异曲同工之妙。

春晓

唐·孟浩然（689—740）

春眠不觉晓，处处闻啼鸟。
夜来风雨声，花落知多少。

辑评

【明】周敬、周珽《唐诗选脉会通评林》：周珽曰："晓景喧媚，莫卜夜无寂寞。惜春心绪，有说不出之妙。"周敬曰："二十字清声婉约。"

刘永济《唐人绝句精华》：此古今传诵之作，佳处在人人所常有，唯浩然能道出也。闻风雨而惜落花，不但可见诗人清致，且有屈子"哀众芳之零落"之感也。

赏读

这首诗的具体写作时间已不可考，今多猜测是孟浩然隐居鹿门山（在湖北襄阳）时所作。

这是一个春天的清晨，诗人睡到自然醒来，天已大亮，原来睡眠香甜竟不知拂晓降临。舒坦地躺在床榻上，耳边传来此起彼伏的鸟鸣声。有鸟鸣处自然有花、有树、有春光，仅仅是室内的耳闻，便知室外春光无限好。“处处”二字，是藏不住的春意盎然。第三句转为回忆，我们才知道，诗人并非一夜酣睡，昨夜枕上听到了风雨声，不禁为盛开的花儿担忧，辗转反侧至后半夜才睡着，以至于沉沉睡去才不觉天明，大概也是被鸟鸣声叫醒。而醒来第一反应便是，不知那昨夜的风雨打落了多少花儿？

诗人是喜爱自然风光之人，对一花一鸟饱含深情。鸟啼、风雨、落花，都是春天的自然现象，却被诗人带入情感轨迹。如此美妙的早晨，睡眠香甜，鸟声婉转，当然无限欣喜；而想起昨夜风雨，落红无数，顿时怜惜惋叹。诗人由喜春到伤春，皆由于爱春惜春之故，总体上还是心生喜悦的，只因春意盎然中添了一份零落的惆怅，更显得细腻动人。这首小诗，短短二十字，语言浅近却清雅，情感真挚而微妙，得自然之真趣，韵味无穷，故能传之千古。

春中喜王九相寻

唐 · 孟浩然（689—740）

二月湖水清，家家春鸟鸣。
林花扫更落，径草踏还生。
酒伴来相命，开尊共解酲。
当杯已入手，歌妓莫停声。

| 辑 评 |

【宋】刘辰翁《王孟诗评》：亦自豪宕。“家家春鸟鸣”又别，结语情属不浅。

【明】唐汝询《唐诗解》：水清鸟啭，草长花飞，仲春之景丽矣。酒有伴，妓善歌，饮中之胜事也。颔联有生气，尾联见豪举。曰“解酲”，便有一醉累月意。读此篇，孟之风韵可想。

【清】屈复《唐诗成法》：水清、鸟啭，紧接草长、花飞，写“晚”字得神。后四宴赏之胜事，恰在个中，欢乐难工，此诗有焉。

赏读

唐开元十六年(728),孟浩然三十九岁,他渴望及第,却科举不中,年底便回到家乡襄阳。这首诗便是写于回到襄阳家中的第二年春天,诗人心中是苦闷的,所以对于友人王九的来临,感到喜悦欣慰。“王九”,虽没有明确记载身份,但根据孟浩然现存诗歌的唱和情况,推测应是孟浩然的同乡好友王迥,号白云先生,是一位隐居的高士,与孟浩然是交谊深挚的好友。

前四句紧扣“春中”,描绘了二月生机勃勃的景象。春光明媚,湖水是那么清澈,家家户户的春燕在忙碌地筑巢,欢快地鸣叫。树林里的花儿开了又谢,扫也扫不完,小径上绿草青青,踏上去之后,很快就又可以生长起来,林间处处充满了春天的气息。如此明艳美丽的春景,更反衬出诗人心境的灰暗,仕途失意的落寞还未完全走出。后半部分则着力写“王九相寻”这一乐事。正在诗人愁眉不展之时,好友王九前来拜访,于是拿出酒杯,打开酒瓮,两人痛饮,借酒浇愁。友人与美酒的陪伴,令诗人的郁闷排解不少,诗人不禁发出“当杯已入手,歌妓莫停声”的感叹:酒杯握在手中,歌妓们在眼前唱歌跳舞,这是多么难得的欢畅,千万不要停下来啊!

整首诗虽然没有直接表现诗人的愁闷,但我们从诗人对于友人来访如此欣喜,并希望饮酒歌舞都不要停止,可以看出,这一切都不过是排遣愁闷的行为。诗人苦中作乐,却只言乐事。

春泛若耶溪

唐·綦毋潜（691？—756）

幽意无断绝，此去随所偶。
晚风吹行舟，花路入溪口。
际夜转西壑，隔山望南斗。
潭烟飞溶溶，林月低向后。
生事且弥漫，愿为持竿叟。

|辑 评|

【明】唐汝询《唐诗解》：秀古。

【明】周敬、周珽《唐诗选脉会通评林》：陈继儒曰：遗其形迹、动乎天机，诗至此进乎技矣。

【清】范大士《历代诗法》：景色佳胜，呈露笔端。

赏读

綦毋潜是唐代江西最有名诗人，其诗风清丽典雅、恬淡脱俗之处，颇似王维。这首诗大约作于诗人安史之乱后的隐居时期，描绘了春夜里若耶溪的美好风光。若耶溪是浙江绍兴境内一条溪流，相传为西施浣纱处，青山绕水，风光如画，许多文人墨客都曾在此留下清词丽句。

首句“幽意”二字统摄全篇，诗人幽居闲隐的意趣从不断绝，此次泛舟便是任由寻幽的心境，放任自适，随遇而安，“所偶”即所遇。接下来的六句，写的就是泛舟所遇的景象。“晚风”“际夜”点明泛舟的时间，“吹”“入”“转”等动词串联出泛舟路线的推移，使得景致的转换十分自然。晚风阵阵，将这轻盈小舟吹拂着行进，驶入繁花铺设的溪口。到了夜晚，船儿又转出西边幽谷，隔着山可以看见明亮的南斗星。“潭烟飞溶溶，林月低向后”是一幅动态的春夜水月图。溪上的水雾升腾出一片白茫茫的景象，水光月光交融，“飞”字极其生动地描绘出月色下水雾升腾的流动感。“低向后”暗示着夜深了，船仍在前行，因此林中的明月像是自己在下落和后退，静景中生出一种动态美。

诗人紧扣诗题的“泛”字，一叶扁舟，从傍晚到夜深月沉，沿途有晚风、花路、南斗、潭烟、林月做伴，多么清幽闲适。若耶溪距离东汉著名隐士严子陵归隐垂钓的富春江不远，“持竿叟”暗含诗人愿如严子陵归隐不问世事的心愿。

次北固山下

唐·王湾（693？—751？）

客路青山外，行舟绿水前。
潮平两岸阔，风正一帆悬。
海日生残夜，江春入旧年。
乡书何处达？归雁洛阳边。

辑评

【明】李攀龙《唐诗训解》：三四工而易拟，五六太淡而难求。

【明】周敬、周珽《唐诗选脉会通评林》：徐充曰：此篇写景寓怀，风韵洒落，佳作也。“生”字、“入”字淡而化，非浅浅可到。

【清】沈德潜《唐诗别裁》：江中日早，客冬立春，本寻常意，一经锤炼，便成奇绝。与少陵“无风云出塞，不夜月临关”一种笔墨。

赏读

王湾是唐开元年间洛阳人，这首诗写的是他在冬末初春之时，经过镇江到江南一带，行船在北固山下停泊时的所见所思。诗题“次北固山下”即行船在北固山（在今江苏镇江北）下停泊。

“客路”是诗人要行的路，远在北固山之外，首联暗示了路途的遥远，此时乘坐的小舟在山前的绿水中悠悠行进，渲染了羁旅漂泊的情感基调。颔联描写舟上所见之景：春潮涌涨，似乎要与两岸齐平，放眼望去，江面显得十分辽阔。“潮平”所以会有“阔”的视觉效果。上句气势恢宏，下句也颇有意思。风“正”帆才“悬”，“悬”是端直高挂的样子，此时不仅是顺风，也是和风，所以船帆才能高高挂起，使得行船的速度快了起来，非常传神。

颈联表现了时序的交替：残夜还没有褪尽，一轮红日已从海平面上升起。旧年还没有结束，江边春意已经萌生。这两句是脍炙人口的名句，在景物节令中蕴含哲理，新事物会取代旧事物蓬勃生长，传达了乐观积极的情绪。时光匆匆流逝，岁月变迁，怎能不勾起羁旅他乡游子的思乡之情呢？于是自然有了尾联的表达：诗人思乡难抑，正愁家书不知何时能够抵达，这时举目望见了北归的大雁，所以诗人想拜托大雁飞过洛阳的时候，帮忙问候一下家人，与首联遥相呼应。

这首诗感情真挚，前三联对仗工巧，用笔自然。

春园即事

唐·王维（701—761）

宿雨乘轻屐，春寒著弊袍。
开畦分白水，间柳发红桃。
草际成棋局，林端举桔槔。
还持鹿皮几，日暮隐蓬蒿。

|辑 评|

【明】陆时雍《唐诗境》：五六语入绘笔。

赏读

这首诗描绘春中田园景色，是王维早期的作品，大概写于唐玄宗开元二十年（732）前后王维隐居辋川时期的一个春天。

首联点明季节和天气，初春时节，一夜的风雨后，春寒料峭，诗人蹬上轻便的木屐，穿起破旧的棉袍，准备开始田间的劳作。诗人在劳作的同时，也不忘欣赏田间的风光。中间两联便描绘出一幅真正的田园图景，将农人生产的场景和田园的美好风光糅而为一：挖开畦埂，用清水分灌田垄，清澈的渠水流入田垄之间，在阳光的照耀下闪烁着白光，远处柳树丛中生长着几株桃花，红绿相映，一片生意盎然。春草茂盛，远远望去一畦畦农田被田埂分割得像对弈的棋枰，树林的一头有人在用桔槔汲水灌溉。好一派充实的田园生活，一切都是那么清幽绮丽，赏心悦目。如此清新优美的环境，诗人久久不愿离去，便拿来鹿面皮的小板凳，想隐坐在那蓬蒿深处，一直到日暮时分。

这首诗写春中田园风光，整体上清新淡雅，却也有白水、绿柳、红桃等鲜丽的色彩作为点缀，不显寡淡，风景如画。诗人虽然也是一个劳作的农人，但他的劳作是随性的、享受的，良辰美景，其乐融融，表现了诗人安适恬淡的心境、热爱自然的情怀。

春中田园作

唐·王维（701—761）

屋上春鸠鸣，村边杏花白。
持斧伐远扬，荷锄觇泉脉。
归燕识故巢，旧人看新历。
临觞忽不御，惆怅远行客。

辑评

【明】陆时雍《唐诗镜》：野趣。

【明】钟惺、谭元春《唐诗归》：谭云：情诗，闲寂诗，田家诗，右丞一一能妙。如闲寂、田家诗不妙，情诗便是俗艳。

【明】唐汝询《汇编唐诗十集》：结语差有味。

赏读

这首诗写于诗人晚年隐居辋川时，描绘了一幅欣欣向荣的春日田园图，充满自然美和生活美。

诗的开篇从听觉和视觉两种感官，令人直接感受到春天的浓郁气息：屋上传来斑鸠的鸣叫，村落边大片杏花开得雪白。也许是受到大自然春天的召唤，农人开始走出家门，有的手拿斧头修建又高又长的桑枝，有的扛起锄头去察看泉水的源脉。这些都是为以后采桑、灌溉等农业生产做准备。南归的燕子似乎认识它的旧巢，而屋里的旧主人在翻看着新年历。归燕和旧人，两种身份，面对故居和新春，都将有新一年的规划和希望。

前六句是所见之景，面对这样充满生机和希望的春天，诗人却陡然生出一份惆怅，尾联写在准备畅饮时停住了，是因为想到了离开家园的远行客。春天的景象一如往年，连归燕都回旧巢，那些在外的游子何时能回故里呢?

这首诗总体上清新明快，斑鸠、杏花、归燕等自然意象，都传达出春天的明媚生机。对农事、旧人新历的细致描写，则真实地展现了春天的田园生活，忙碌而有条不紊。诗人以他的敏锐感受，为我们捕捉到一个个春天的律动，当春天的序幕拉开，人与自然是如此和谐，同样富有朝气、健康和希望!

春夜洛城闻笛

唐·李白（701—762）

谁家玉笛暗飞声，散入春风满洛城。
此夜曲中闻折柳，何人不起故园情。

|辑 评|

【明】周敬、周珽《唐诗选脉会通评林》：意远字精，炉锤巧自天然。

【清】黄叔灿《唐诗笺》："散入"二字妙，领得下二句起。通首总言笛声之动人。"何人不起故园情"，含着自己在内。

【清】宋宗元《网师园唐诗笺》："折柳"二字为通首关键。

赏读

这首诗是唐玄宗开元二十二年（734）或二十三年（735）李白在洛城所写。洛城，即洛阳，在唐代极其繁华，时称东都。当时李白客居洛阳，大概正在客栈里，偶然听到笛声而触发乡思之情，所以写作此诗。

寂静的春夜里，诗人还未入睡，耳边忽然传来了几缕悠远的笛声，诗人不禁问道是“谁家玉笛暗飞声”？不说自己听到笛声，而说笛声“飞”入耳朵，而且着一个“暗”字，既与“春夜”相照应，更赋予笛声特有的感情色彩，吹笛人似乎是不经意地吹着，笛声却暗暗传送给诗人，似乎要特意勾起诗人的乡愁。“散入春风满洛城”用夸张的手法，渲染笛声。随着东风的吹拂，优美的笛声传达到各处，进而布满了整个长安城。

初听笛声的时候还没有听出是什么曲子，仔细一听，才知道是一支折柳曲。古时人们离别时折柳相送，在思念亲人、怀念故友时也会折柳寄情，因此折柳曲也蕴含着思乡怀人的感情，这里应是北朝乐府《鼓角横吹曲》中的《折杨柳枝》，有一首歌词曰：“上马不捉鞭，反拗杨柳枝。下马吹横笛，愁杀行客儿。”此时诗人客居他乡，深夜听闻折柳曲，怎么能不勾起浓郁的乡愁！而诗人却不言自己愁，却说“何人不起故园情”，道出了所有客居洛阳的游子的心声，情真意切，令人感动。

春思

唐·李白（701—762）

燕草如碧丝，秦桑低绿枝。
当君怀归日，是妾断肠时。
春风不相识，何事入罗帏。

| 辑 评 |

【明】高棅《唐诗品汇》：刘云：平易近情，自有天趣。

【明】陆时雍《唐诗镜》：尝谓大雅之道有三：淡、简、温。每读太白诗，觉深得此致。

【明】唐汝询《汇编唐诗十集》：唐云：太白虽长才，尤妙于短。如《乌夜啼》《金陵酒肆留别》、七古之胜也："长安一片月""燕草如碧丝"，五古之胜也，然《吴歌》三十字中，字字豪放；《春思》三十字中，字字和缓，谓非诗圣不可。

赏读

这是诗仙李白的一首新乐府诗。在一贯的雄奇豪放诗风外，李白也有不少描写思妇的婉约诗词。这首《春思》便是其中之一。春思，即春日的情思。

首句继承了《诗经》“兴”的开篇手法，“先言他物以引起所咏之词”，从燕秦两地的景物入手，以引起后文情思。“燕草如碧丝”是思妇想象之景，“秦桑低绿枝”才是眼前之景。思妇身处秦地，目睹桑树低垂繁茂，正是仲春时节，不免遥想到在燕地戍边的丈夫，他那里气候偏冷，青草应该刚生出嫩芽，还像绿丝一般吧。见春草而思归，源自《楚辞》：“王孙游兮不归，春草生兮萋萋！”后来成为中国古典诗歌的抒情传统，如王维《送别》诗“春草年年绿，王孙归不归”。春草萌生，气象万新，而游子与思妇仍然天各两端，难免生出思念的情绪。因此思妇遥想丈夫看到燕草萌生，也会同样想念自己。由于燕地的春天来得晚，所以游子思归的时候，思妇早已望眼欲穿，念之断肠！

至此，前四句已经将思妇的情思描写得细致入微了。诗的结尾却来了一个问句：春风啊，你我不曾相识，有什么事情让你频频吹开我的床帏？这一问看似无理，却颇有意味。女子独守空闺，苦等丈夫不回，百无聊赖，寂寞无边，只有向春风发发牢骚。连素不相识的春风都来到闺房，那远在燕地的丈夫何时才回来呢？

这首五言古诗在情感抒发上古朴真挚，牵动人心，又缠绵曲折，有一唱三叹之美。

春夜喜雨

唐·杜甫（712—770）

好雨知时节，当春乃发生。
随风潜入夜，润物细无声。
野径云俱黑，江船火独明。
晓看红湿处，花重锦官城。

|辑 评|

【明】周敬、周珽《唐诗选脉会通评林》：此诗妙在春时雨，首联便得所喜之故，后摹雨景入细，而一结见春，尤有可爱处。

【清】仇兆鳌《杜诗详注》：雨骤风狂，亦足损物。曰“潜”曰“细”，写得脉脉绵绵，于造化发生之机，最为密切。

赏读

唐肃宗乾元二年（759），杜甫在经过了战乱后的几番辗转流离，来到成都浣花溪畔建草堂定居，过上了较为安定的生活，这首诗便写于上元二年（761），此时的诗人已是一个身归田园、亲自耕种的农人，对春雨有很深的感情。

开篇便以“好”字盛赞春雨，这场雨似乎知晓时节，特意在春天万物复苏时降临，这时大地需要甘霖，它就来了，催发着万物生长。颔联进一步写春雨的“好”，它伴随着春风在夜里悄悄来到，默默无声地滋润着大地万物。这里“知”“潜”“润”“无声”等处多用拟人手法，将春雨下得适时、滋润万物、无私奉献的好处写得传神动人，也流露出诗人对春雨的喜爱。

颈联紧承颔联，诗人在夜里听到淅沥沥的春雨，按捺不住心中喜悦，出门看雨，这时乡间小路漆黑一片，天空也全是黑压压的云，可见云之厚重、雨之细密，而远处渔船上的灯火独自亮着，更衬得夜的幽黑。尾联是诗人想象中的雨后春色满城的景象。经过了一夜春雨的滋润，想必明天锦官城的花朵将更红艳欲滴，汇成一片万紫千红的海洋。

诗人紧扣诗题里的“喜”字，用细腻的笔触将春雨描写得可爱而无私，喜爱、喜悦之情渗透在字里行间。

绝句二首 其一

唐·杜甫（712—770）

迟日江山丽，春风花草香。
泥融飞燕子，沙暖睡鸳鸯。

|辑 评|

【宋】罗大经《鹤林玉露》：杜少陵绝句云：“迟日江山丽……沙暖睡鸳鸯。”或谓此与儿童之属对何以异。余曰：不然，上二句，见两间莫非生意；下二句，见万物莫不适性。于此而涵泳之，体认之，岂不足以感发吾心之真乐乎？大抵古人好诗，在人如何看，在人把做甚么用。

【清】浦起龙《读杜心解》：只写春景，未出意。

【清】黄叔灿《唐诗笺注》：有惜春之意，有感物之情，却含在二十字中，妙甚。

赏读

这首诗是杜甫在成都草堂定居时所写，描绘的是浣花溪一带的春景。

首句总写春天的秀丽风景。“迟日”指春日，突出春天日渐长之意，出自《诗·豳风·七月》:“春日迟迟。”这里以“迟日”突出春天的阳光和煦温暖，呈现出一幅清新明丽的春日图景：阳光和煦温暖，天地间的万物都沐浴其中，秀美的山河映照在其中。第二句进一步以温暖的春风、繁茂的花草、馥郁的花香，并将三者有机融合起来，表现春光的美好。和风拂面，带来花草的清香，令人身心迷醉。

如果说前两句是对春回大地的粗笔勾勒，那么三四句转为具体景物的精细描写。诗人选取了典型的早春景物：春回大地，冰雪消融，泥土湿润，燕子飞来飞去，忙着衔泥筑巢。再看远处的河滩，温暖的沙滩上，睡着成双成对的鸳鸯。空中勤劳忙碌的飞燕和沙滩上慵懒睡去的鸳鸯，从视觉上一仰一俯，一动一静，相映成趣。在秀丽山川的大背景下，更显得和谐而美好。

这首小诗语言自然而不事雕琢，清新明丽，写景如画，读来如沐春风。

曲江二首 其一

唐·杜甫（712—770）

一片花飞减却春，风飘万点正愁人。
且看欲尽花经眼，莫厌伤多酒入唇。
江上小堂巢翡翠，花边高冢卧麒麟。
细推物理须行乐，何用浮名绊此身。

|辑 评|

【元】方回《瀛奎律髓》：第一句、第二句绝妙。“一片花飞”且不可，况于“万点”乎？“小堂巢翡翠”，足见已更离乱；“高冢卧麒麟”，悲死者也。但诗三用“花”字，在老杜则可，在他人则不可。

【清】杨伦《杜诗镜铨》：蒋云：只一落花，连写三句，极反复层折之妙，接入第四句，魂消饮绝（“一片花飞”四句下）。

【清】卢麰、王溥《闻鹤轩初盛唐近体读本》：起，倩逸，最作姿致。三、四，趣在每句末二字。五、六接。结，虽腐实趣，且亦有婉韵。

赏读

这首诗写于乾元元年（758），杜甫时任左拾遗，当时安史之乱尚未平息，京城虽然收复，但兵革未息，作者眼见唐朝因政治腐败而酿成的祸乱，心境十分杂乱。曲江位于长安城南朱雀桥之东，是唐代著名的游览胜地。这首诗借写暮春曲江所见的荒凉景象，抒发诗人内心的抑郁苦闷。

首联构思巧妙，将不可计数的春光实物化，春光似乎是由一片片花瓣连缀而成，每有一片花瓣飘落，就减掉了一片春光。诗人是如此在意和珍惜每一片春光，可如今大风刮过，万花飘零，春光就快要凋落殆尽了，怎么不令人发愁呢？“且看欲尽花经眼”，那一片片花朵散尽，枝头上的残花也越来越少，怎么忍心再看呢，诗人便不顾酒多伤身，一杯又一杯地借酒浇愁。

颈联便由自然春景转到了人事兴废。诗人的目光随着飘落的花瓣四处飘移，曲江上，原来住人的小堂如今人去楼空，只有翡翠鸟在里面作巢；花园边，原来雄踞在高冢前的石麒麟现今倒卧在地上。如今的曲江在战乱的严重破坏后，一片凄凉，难以恢复昔日的繁华。翡翠鸟的美丽娇小，和石麒麟的庞大无情，在形象上形成了鲜明的对比，昭示出青春的短暂可爱和死亡的冷酷永恒。

此情此景，诗人在尾联便发出了感慨：我仔细推敲着万物的道理，便不如及时行乐，不必为浮名羁绊。看似消极，实则是诗人感时伤世，无法释怀的苦闷，所谓“行乐”，不过是借酒浇愁罢了。

阙题

唐·刘昚虚（714？—767？）

道由白云尽，春与青溪长。
时有落花至，远随流水香。
闲门向山路，深柳读书堂。
幽映每白日，清辉照衣裳。

|辑 评|

【明】钟惺、谭元春《唐诗归》：钟云：骨似王、孟，而气运隆厚或过之。

【清】顾安《唐律消夏录》：水远、花香、山探、林密，书堂正当其处，何乐如云！看他“长”字、“时”字、“至”字、“远”字、“香”字，回环勾锁，一字不虚。“道由白云尽”是望见，“闲门向山路”是到来，非重复也。

【清】屈复《唐诗成法》：“幽映”总上六句，“白日”应“春”字，“清辉”应“幽映”字。

赏读

刘昚虚是盛唐诗人，性高逸，不慕荣利，交游多山僧道侣。严羽《沧浪诗话》中将其与初唐四杰、王维等并列称为“大名家”。刘昚虚与孟浩然交谊很深，诗歌的风格意境也和孟颇为相近，清微淡远，有幽深之趣。这首诗原本的题目在流传过程中遗失了，后人在编诗时便以“阙题”二字作为诗名，即缺题。这首诗描写的是春日深山的美景，意境清幽。

首联粗写进入深山的情景，“道由白云尽”极言山路地势之高、路途之远，道路好像是从白云尽头开始的。“春与青溪长”，山间的溪水曲折蜿蜒，看不到尽头，诗人将“春”这一抽象概念与具体的溪水类比，并以“长”来形容，表现了春光无限、春色的延绵不尽。颔联紧接上文，细写青溪与落花。青溪一路繁花盛开，不时有落花随溪水漂流而至，花香馥郁，使得青溪也散发着芳香。

一路好景相伴，诗人来到了一处山中的居处。“闲门向山路，深柳读书堂。”“闲门”即远离喧嚣的门庭，清静的门庭对着幽僻的山路，少有人打扰，院中的柳荫深处，藏着主人的读书堂。幽雅脱俗的读书环境，暗示了主人的超然脱俗和钟爱读书的志趣。明媚耀眼的阳光照射着茂密的柳叶，透出了点点清幽的光辉，洒在我的衣服上。尾联以光与影的对比，表现了读书堂光线的柔和舒适，更凸显环境的幽静。

春行寄兴

唐·李华（715—766）

宜阳城下草萋萋，涧水东流复向西。
芳树无人花自落，春山一路鸟空啼。

|辑 评|

【明】李攀龙、叶羲昂《唐诗直解》：情致俱幽。

【明】李攀龙、袁宏道《唐诗训解》："自"与"空"字，益见凄景。

【明】陈继儒《唐诗三集合编》：四句说尽荒凉，却不露乱离事，妙。

赏读

李华是唐代散文家、诗人，也是著名散文家，与萧颖士齐名，世称“萧李”，并与萧颖士、颜真卿等共倡古义，开韩、柳古文运动之先河。这首诗是李华在安史之乱平息后不久，经过宜阳时所写。宜阳，在今河南省福昌县附近，在唐代是一个重要的游览胜地，有女几山这样风景宜人的自然风景区，更是唐代最大的游览行宫之一——连昌宫的所在地。

首句点明地点和时间，诗人站在宜阳城头，看到城墙下长满了繁茂的野草，连绵不绝。“萋萋”二字不仅表现草的茂盛，更给人一种无人管的荒凉。山涧的流水向东流去，然后又任其折向西流，再也没有人汲取灌溉了。

三四句由城头的远景转向山中的近景。芳树、鸟啼，无疑是春山中最美妙的风景，而诗人却用“自落”“空啼”将情感反转。春山之中，花树开得烂漫而芬芳，却只能暗自飘落，鸟声再热闹美妙，也是徒然，因为一路都无人欣赏，曾经人头攒动的游赏胜地竟落得如此荒凉、寂寞的境地。

这首诗句句写景，却也句句景中含情。春草、泉水、芳树、鸟语，依然都是宜阳的胜景，而社会却发生了动乱，因此这些美好的春景都承载着诗人伤感、落寞的心情，那是在经历安史之乱后，面对被破坏的大好山川的荒凉和落寞和对时代的感伤。

山房春事二首其二

唐·岑参（715？—770）

梁园日暮乱飞鸦，极目萧条三两家。
庭树不知人去尽，春来还发旧时花。

|辑 评|

【明】李攀龙、袁宏道《唐诗训解》：人去花在，情景凄然。

【清】宋宗元《网师园唐诗笺》：神韵天然。

刘永济《唐人绝句精华》：此诗从萧条中想见繁盛，不言人之感慨，但写树之无情，使人诵之，自然生感。

| 赏读 |

岑参与高适并称“高岑”，是盛唐边塞诗派的代表，但他的诗歌题材广泛，出塞之前还写了不少山水诗。这首诗是诗人早年游历大梁（今河南开封一带）时，在春天的梁园即景生情而写。

梁园是西汉梁孝王刘武所建的园林，故址在今河南商丘，梁孝王还曾在此招揽四方豪杰，聚会游宴，园中有各种山池洲渚，奇花异树极其华美。然而随着时间的流逝，如今的梁园已经不复当年的繁华了，“梁园日暮乱飞鸦，极目萧条三两家。”呈现的便是眼前的萧条之景：夕阳西斜，梁园笼罩在沉沉的暮色之下，天空中乌鸦乱飞。放眼望去，满目萧条，四周只有两三户人家。繁华易逝、盛衰无常的感慨尽在其中。

前两句写人事的变迁，后两句则写自然景物的永恒不变。“庭树不知人去尽，春来还发旧时花。”庭中的树木，并不知道已经人去楼空，春天到来之后，它们依然像往年一样盛开。“旧时花”给人一种物是人非的感觉。不管历史如何更迭，人事如何变迁，自然界的花草树木依然灿烂茂盛，焕发着春天的生机，但这种生机更加衬托出梁园今日的衰败，令人慨叹。

这首诗不仅通过昔盛今衰的对比，抒发怀古感慨，还包含着诗人的哲学思索，人类的渺小短暂和自然的伟大永恒形成了鲜明的对比，这大概也是从古至今人类共同的生命感悟了。

春思

唐·皇甫冉（718？—771？）

莺啼燕语报新年，马邑龙堆路几千。
家住层城临汉苑，心随明月到胡天。
机中锦字论长恨，楼上花枝笑独眠。
为问元戎窦车骑，何时返旆勒燕然。

辑评

【清】黄叔灿《唐诗笺注》：诗极缠绵。

【清】乔亿《大历诗略》：一气蝉联而下，新丽自然，可谓情到兼神到矣。惟第六涉纤，或易“笑”作“照”，较浑。

【清】方东树《昭昧詹言》：前四句，一彼一此，属对奇丽，而又关生有情，所以为佳。五、六专就自己一边说，而点化入妙。结句出场入妙，胜沈云卿矣。此等诗，色相不出齐、梁，而意用则去《三百篇》不远；所谓哀而不伤，怨而不怒，温柔和平，可以怨者也。

赏读

皇甫冉是盛唐的诗人，因为生在离乱之世，所以诗歌常有漂泊之叹。这首诗是代思妇抒发思念征夫的闺怨，感情深挚，流露出作者的厌战情绪。

首联点明时间，“莺啼燕语报新年，马邑龙堆路几千。”长安城里莺歌燕语，传递着新春的讯息，一派祥和；而马邑城、龙堆沙漠却在千里之外的边疆，那里的征人无法享受宁静祥和的春光。两个场景形成鲜明对比，暗点“春思”。颔联再用对比，思妇家住京城，比邻着皇家庭苑，而丈夫却远在荒凉的胡地，越是春光美好，环境优渥，思妇的情感就被衬托得愈发浓烈。虽然身不能至，心却早已随着明月飞到胡地的丈夫身旁。

颈联直抒离恨和春思。“机中锦字”，用苏氏织锦作回文《璇玑图》赠给远谪丈夫的典故，回文诗长达八百多字，循环可读，思妇愁思难遣，也想织锦字回文诗来诉说这缠绵无尽的幽恨。花儿本是无情，在妇人看来，楼上的花枝似乎在取笑她独守空闺的寂寞。最后一联以诘问的语气询问主帅，何时才能班师回朝。“元戎窦车骑”即后汉车骑将军窦宪，他曾大破匈奴，遂登燕然山，刻石论功。这一问，表现了思妇的大胆热烈、思念至深，但她又是深明大义的，只有战争彻底胜利，才能迎来所有离散家庭的欢聚。

西亭春望

唐·贾至（718—772）

日长风暖柳青青，北雁归飞入窅冥。
岳阳城上闻吹笛，能使春心满洞庭。

|辑 评|

【明】钟惺《唐诗归》：警语，读之悠然。

【明】李攀龙、袁宏道《唐诗训解》：春景深矣，雁当北归，庶几一寄乡书，今不见返，故云“入窅冥”也。想往既切，后闻笛声，能不动吾归心乎？

【清】范大士《历代诗法》：唐贤绝句，风格句调铢两不失累黍者，必推贾常侍。

赏读

贾至是盛唐诗人，唐玄宗时曾任中书舍人，知制诰，唐肃宗乾元年间，贾至曾被贬为岳州（今湖南省岳阳市）司马，这首诗便是写于此时。李白有诗《巴陵赠贾舍人》“贾生西望忆京华，湘浦南迁莫怨嗟。”便是赠给贾至，宽慰他贬谪和思归的苦闷心情。

诗人来到了岳阳楼西边的小亭，西望长安．前两句便是写所见之景。“日长风暖柳青青”总写春日之美，也为下文做铺垫。风和日丽的好天气里，杨柳青青，眼前一片春意。这正是大雁北归的季节，‘窅冥”指遥远的地方，是大雁的归处，更是诗人魂牵梦萦的京都和故乡。

第三句“岳阳城上闻吹笛”由视觉转写听觉，不是诗人主观意识的西望，而是耳畔无意响起的。诗人听到的笛声，应该是类似于《折柳》的离情之曲，这与首句“柳青青”蕴蓄着折柳伤别的情绪暗合。久客他乡的游子听到此曲，岂不闻之断肠，陷入无尽的乡思！所以末句中的“春心”，便是指因春而生的离愁思归之心。此时春水漫涨，诗人的愁思就像这涨满春水的洞庭湖。末句仍然回到“春望”，以烟波浩渺的洞庭春水作结，意蕴悠长。

春思二首 其一

唐·贾至（718—772）

草色青青柳色黄，桃花历乱李花香。
东风不为吹愁去，春日偏能惹恨长。

|辑 评|

【明】高棅《增订评注唐诗正声》：李云：“不”“去”“故”“惹”，句法字法皆妙。郭云：寻常花柳风日，写得种种关情。

【清】黄叔灿《唐诗笺注》：“惹”字绝妙，“不为吹愁”，反能“惹恨”，埋怨东风，思柔语脆。

赏读

本诗前两句描写春景：草色显出了嫩绿色，柳叶已经泛黄，桃花在枝头开得烂漫，李花香气弥漫。“青青”“黄”“历乱”“香”等从颜色、形态、气味等各角度，表现了明媚动人、生机盎然的美好春光。往往乐景衬哀情，美好的春光反衬了诗人的苦闷。

后两句转而抒写诗人的愁与恨。东风不能把我的忧愁吹走，而春日却偏偏让我的恨意与日俱增。诗人竟将自己的愁闷迁怒于东风和春日，看似是荒诞无理的，实则曲折而巧妙。诗人不明写自己的愁之深切，却怪东风不能为自己遣散愁闷，这也表明，再美好的春光也无法让忧愁消散，这愁是深深植根于心底的。

第四句“惹”字运用拟人的修辞手法，埋怨春日把恨引长，换个角度是说，春天到来之后，白昼越来越长了，本就无法消散的苦闷显得更多了，产生了度日如年的感受。

对于诗人来说，春天不仅没有带来什么慰藉，反而令心中的愁恨无法遣散、日益增长。那么诗人所说的愁恨是什么呢？古典诗词专家陈邦炎先生认为，这首诗大概是贾至被贬为岳州（今湖南岳阳）司马时所写。因此诗中的愁恨，应该是由他当时的身份和处境产生的流人之愁、逐客之恨。诗人以匠心独运的写作手法，表达出由春日景色引发的思旧之愁、羁旅之恨。

寒食

唐·韩翃（719？—788）

春城无处不飞花，寒食东风御柳斜。
日暮汉宫传蜡烛，轻烟散入五侯家。

|辑 评|

【明】桂天祥《批点唐诗正声》：禁体不事雕琢语，富贵闲雅自见。

【清】宋宗元《网诗园唐诗笺》：不用禁火而用赐火，烘托入妙（末二句下）。

【清】宋顾乐《唐人万首绝句选评》：气骨高妙不待言，用“五侯”寓讽更微。

赏读

韩翃是“大历十才子”之一，他的诗歌笔法轻盈，写景别致。建中年间，正是因为这一首《寒食》得到唐德宗的赏识，所以被提拔为“驾部郎中知制诰”。寒食节是古代一个传统节日，在清明节前一两天，相传晋文公为悼念烧山时抱木而死的大夫介子推，每年的这天禁火，只吃冷食，所以称寒食，后来相沿成俗。

这首诗写的是寒食节时长安城的景色。首句着眼于全城，“春城”二字造语新奇，整个长安城都沐浴在春光之下，落花漫天飞舞，“无处不”以双重否定表达肯定，起强调作用，更加凸显飞花之多。次句“寒食东风御柳斜”则特写东风中的“御柳”。春风吹拂着整个长安城，也吹到了皇宫之中，宫中的垂柳随风飘拂着。飞花和斜柳都是东风的杰作，诗人通过对花飞、柳斜的动态描写，使得无形的风变得轻盈、可感。

前两句写白日里的春色，后两句则写夜晚之景。寒食这天百姓一律禁火，只有宫中可以燃烛，皇帝特许的宠臣也可破例燃烛，并直接从宫中向外传送蜡烛。“日暮汉宫传蜡烛，轻烟散入五侯家”用白描手法，将皇室传烛的情景写得真实生动：黄昏时分，宫中传出御赐的烛火，青烟袅袅，散入了新封的王侯家中。

诗末的“五侯”，指汉成帝时封王皇后的五个兄弟为侯，备受恩宠，因此有人认为这是一首讽刺诗，通过刻画寒食传烛的情景，讽刺皇室的特权和宠臣的恩宠，暗喻朝政的败坏。但也有学者认为，这首诗之所以能得到皇帝和一般士人的赞赏，难以说明诗人本意含有嘲讽，而是仅仅描绘了暮春皇都的春色和对盛世承平的歌颂。

春郊

唐·钱起（722—780）

水绕冰渠渐有声，气融烟坞晚来明。
东风好作阳和使，逢草逢花报发生。

辑评

【明】胡应麟《诗薮》：诗至钱、刘，遂露中唐面目。钱才远不及刘，然其诗尚有盛唐遗响。

【清】乔亿《大历诗略》：仲文诗如芷珠春色，精丽绝尘，右丞（王维）以后，一人而已。

【清】施补华《岘傭说诗》：大历钱、刘古诗亦近摩诘，然清气中时露工秀，淡字、远字、微字皆不能到，此所以日趋于薄也。

赏读

钱起是“大历十才子”之一，与刘长卿并称为“钱刘”，他的诗歌多描写山水田园景物，诗风纤细秀丽。这首诗描写了初春郊外的景色。

前两句从听觉和视觉写春意萌动。“水绕水渠渐有声”这句的角度颇为巧妙，从视觉上看，冰封的水渠几乎还没有解冻，但仔细一听，冰面下渐渐传来流水的潺潺声，这说明冰下的水已经感觉到了春天的温暖，在缓缓流动了。“气融烟坞晚来明”则是诗人所见的景象，四周的洼地里有了一层薄薄的雾霭，直到傍晚才恢复清明。种种迹象表明，春日渐暖，春天已经悄悄来临了。

后两句是诗人的所感，“东风好作阳和使”将春风拟人化，新颖又贴切，虽然春天已经到来，但春的脚步太慢，诗人已经急不可耐，便寄语给东风，东风好似散播温暖之气的使者，给大地带来温暖，催促着花草的萌芽和生长，报告着春天的到来。阳和，春气融和。“发生”代指春天，因为春季万物生发，

诗人以敏锐的感觉、细腻的笔触表现了初春的蓬勃春意，表达了诗人喜春、盼春的喜悦心情。整首诗浅显自然，充满着蓬勃的朝气。

洛阳早春

唐·顾况（727？—815？）

何地避春愁，终年忆旧游。
一家千里外，百舌五更头。
客路偏逢雨，乡山不入楼。
故园桃李月，伊水向东流。

|辑 评|

【元】方回《瀛奎律髓汇评》：何义门：落句亦有别趣。纪昀：三、四偶然凑泊，不可刻意效之。

【清】黄周星《唐诗快》：春愁难避，无过于此。

【清】屈复《唐诗成法》：一春，二情；三承二，四承一；五承一，六承二；结句明点洛阳，何地作客也。三忆旧游，四客夜，六忆旧游，五何地春愁，皆虚写，结方出题。三四是夜忆，五六是昼忆。

赏读

顾况是中唐诗人、画家、鉴赏家，他一生官位不高，曾任著作郎，因作诗嘲讽得罪权贵，贬饶州司户参军，晚年隐居茅山。这首诗写于顾况早年宦游洛阳时期，洛阳为唐代东都。

诗的开篇即抒情，“春愁”统领全篇，奠定了感情基调，诗人目睹异乡的春景而生出浓烈的乡愁，时时想起昔日在故乡游春的情景。颔联写夜晚的所闻所思。百舌，即乌鸫鸟，立春后鸣叫不已，是民间最常见的一种留鸟，终年生活在一个地区，不随季节迁徙。诗人在五更时分听到百舌鸟的叫声，想念远在千里之外的故乡和家人，离愁深重，彻夜未眠。

颈联写白日里的所见所感，进一步渲染了春愁。客居他乡，却偏偏赶上了春雨连绵的日子，诗人站在楼头，望向家乡的方向，云山雾罩，哪里能看得到故乡的山呢？其实诗人此时身在洛阳，而家乡远在海盐（今浙江海宁），自然是无法在楼头看到乡山的，这一问本是无理，却是饱含深情，诗人思乡情切，只能借登楼远望来自我慰藉。如此一想，真令人断肠。最后两句点“洛阳早春”之题，“故园桃李月”是虚写的想象中景，“伊水向东流”是实写的眼前之景。诗人看着洛阳的伊水向东流去，不禁想到故乡如今应是桃李芳菲的一片美景吧。诗的最后以水向东流作结，诗境开阔，意味深长。

苏溪亭

唐·戴叔伦（732—789）

苏溪亭上草漫漫，谁倚东风十二阑。
燕子不归春事晚，一汀烟雨杏花寒。

赏读

戴叔伦是中唐诗人，他的诗歌多表现隐逸生活和闲适情调。他主张诗歌要有余味远韵，说“诗家之景，如蓝田日暖，良玉生烟，可望而不可置于眉睫之前。”唐德宗建中元年（780），戴叔伦任东阳令。苏溪在今浙江省义乌市苏溪镇，与东阳（在今浙江金华）相隔不远，这首诗大约是他在这段时期所写。

首句点出地点和时间，苏溪亭边，春草茂盛，“漫漫”是对春草如水般连绵不断的描摹，表明已是暮春时节。“谁倚东风十二阑”由景及人，呈现出一个愁眉不展的倚阑人的形象。“十二阑”极言阑干之多，表现了倚阑的时间之久。

接下来的两句是倚阑人的所见所思。“燕子不归春事晚”是心中所思，这个时候，美好的春天就要消逝了，燕子却还未回到旧巢。“一汀烟雨杏花寒”是眼前之景：不远处的一片沙洲上烟雨朦胧，杏花失去了昔日的娇艳，显得萎靡不堪。至此，倚阑人的心事便得以解开。“燕子不归”喻游子迟迟不归，“春事晚”“杏花寒”喻指青春不在、容颜将老，“一汀烟雨”则如同心中积郁连绵的哀愁。这首诗便是表达了女子与恋人分离的哀愁，更兼时光流逝、红颜将老的惆怅。

这首诗景中含情，苏溪亭的暮春一片凄迷怅惘，与抒情主人公的哀思离愁互相映衬，情景交融，余韵悠长。

春游南亭

唐·韦应物（737—791？）

川明气已变，岩寒云尚拥。
南亭草心绿，春塘泉脉动。
景煦听禽响，雨余看柳重。
逍遥池馆华，益愧专城宠。

| 辑 评 |

【清】沈德潜《唐诗别裁》：人知作诗在句中炼字，而不知炼在韵脚。篇中“拥”字、“动”字、“重”字，妙处全在韵脚也。

| 赏读 |

韦应物，唐代著名山水田园诗派诗人，后人以“王孟韦柳”并称。其诗风恬淡高远，以善于写景和描写隐逸生活著称。这首诗大约写于唐德宗建中四年（783）早春，诗人在滁州刺史任上。

开篇两句写初春气候的变化，山谷里明亮起来，气候已经变暖，而山岩上笼罩着云彩，依然寒冷。“变”和“拥”用得精巧得当，表现了诗人对初春气候变化的微妙感受，也为下文写景渲染了气氛。

中间两联描写初春的景致。南亭的新草泛出绿意，早春的池塘里泉水涌动。“草心绿”说明春草刚刚萌芽，只有中间一点泛着绿意，“泉脉动”将泉水的流动写活了，仿佛有了喜悦的脉动。阳光和煦，听着禽鸟的鸣啭，春雨过后，柳枝更显得沉重。不说禽鸟鸣叫而说“响”，表现了鸟声此起彼伏、应接不暇的喧闹。一个“重”字，则将雨后柳枝沉重低垂的状态表现出来。春草碧绿，春泉流动，春鸟歌唱，春柳沉沉，这两联炼字精准，生动传神地抓住了景物的特征，韵味十足。

最后两句由写景转入抒情，诗人在池馆中轻松地饱览着美景，却生出了作为地方官无所作为的愧疚，表现了诗人的责任感，给清新的景色增加了一种厚重感。

滁州西涧

唐·韦应物（737—791？）

独怜幽草涧边生，上有黄鹂深树鸣。
春潮带雨晚来急，野渡无人舟自横。

|辑评|

【明】桂天祥《批点唐诗正声》：沉密中寓意闲雅，如独坐看山，澹然忘归，诗之绝佳者。谢公曲意取譬、何必乃尔！

【清】黄叔灿《唐诗笺注》：闲淡心胸，方能领略此野趣。所难尤在此种笔墨，分明是一幅画图。

【清】宋顾乐《唐人万首绝句选评》：写景清切，悠然意远，绝唱也。

赏读

这首诗是唐德宗建中二年（781），韦应物在任滁州刺史时所写。一天诗人游览至滁州城西的郊野，看到春日里西涧的清幽景色，便写下这首小诗。

“独怜幽草涧边生”，“独怜”二字，主观感情色彩浓郁，诗人唯独喜爱那涧边的幽草，无意争春，悄悄地生长在幽深的山涧。此时的树木枝繁叶茂，黄鹂鸟在茂密的树林里婉转地啼鸣。身处在如此空旷、静谧的郊野，远离世俗的烦扰，心境也宁静许多。

第三句“春潮带雨晚来急”笔调忽然一转，傍晚时分，暮雨潇潇，春潮夹带着雨水，越发来势凶猛，河水急涨，滚滚而下。偏僻荒郊的渡口原本就很少有人过渡，现在天色已晚而且雨大水涨，更是无人来往，连船夫也不在了。只有一叶扁舟任凭着雨水的扑打、潮水的拍击而晃荡，在水中悠然地横卧着。

关于这首诗的理解历来有争议，有人认为诗中有所寄托，是借幽草和黄鹂讽刺“君子在下，小人在上”。也有人认为这首诗只是诗人偶然经过西涧时所见，不必牵强附会有寄托之意。不论作何解读，我们都应关注诗人所创造的独特的诗境，这首诗便是由涧边的幽草、深树的黄鹂、带雨的晚潮、野渡的横舟，这些平常的景物所共同构建的。总体而言，我们可以看到诗人心境的平和恬淡，他喜爱这样幽深的景致，而“急”“横”等字眼似乎是他心中偶起的不平与矛盾，是心如止水中的一些微小波澜。

春词

唐·卢纶（739—799）

北苑罗裙带，尘衢锦绣鞋。
醉眠芳树下，半被落花埋。

赏读

卢纶是中唐的著名诗人，“大历十才子”之首，他的诗歌，以五七言近体为主，多唱和赠答之作。但他在从军生活中所写的诗，如《塞下曲》等，风格雄浑，情调慷慨，历来为人传诵。

这首《春词》描写的是一位天真烂漫的少女醉酒后的场景。一个衣着华美的女子，在北苑饮酒醉归，扬起的尘土弄脏了精致的绣花鞋。她醉后娇弱无力，卧倒在了春天的花树下，不省人事，而且时间已经很久了。簌簌的落花，将她的半边身子掩埋了。因为有芳树、落花作陪衬，醉态也显得非常优美。

这首诗创造了一个美人与花相得益彰、人与自然和谐统一的情景。首先是一个微醺的美人，她衣着华美，绯红的脸颊、微醉的神情更显得娇憨可人，娉娉袅袅地走来，然后走入了一个极美的春天的画境之中：落红满地、蜂飞蝶舞、花香馥郁，周遭的一切美景似乎都是为了衬托她的美，花与美人完美地融为一体。

“史湘云醉卧芍药裀”这个《红楼梦》中最唯美动人的场景之一，便是脱胎于这首诗而来，“湘云卧于山石僻处一个石磴子上，业经香梦沉酣。四面芍药花飞了一身，满头脸衣襟上皆是红香散乱。手中的扇子在地下，也半被落花埋了，一群蜜蜂蝴蝶，闹嚷嚷的围着。”

长安春望

唐·卢纶（739—799）

东风吹雨过青山，却望千门草色闲。
家在梦中何日到，春生江上几人还。
川原缭绕浮云外，宫阙参差落照间。
谁念为儒逢世难，独将衰鬓客秦关。

|辑 评|

【清】金圣叹《贯华堂选批唐才子诗》:“东风”七字，人谓只是写春，不知便是写望，如云此雨自我家中来也。“闲”字骂草，妙！如云无谓也，扯淡也。三恨自不得归，四又妒他人得归，活写尽不归人心口咄咄也。“川原”七字中有无数亲故，“宫阙”七字中止夕阳一人。“谁”字便是无数亲故也，“独”字便是夕阳一人也。

【清】宋宗元《网师园唐诗笺》:绰约多姿（家在梦中联下）。首联点题，三、四言情，五、六正写“望”字，末二句总收。

赏读

这首诗是卢纶宦游长安时所写，抒发了诗人羁旅的惆怅和怀才不遇的幽愤。

首联点诗题，写诗人登高远望的情景。东风吹拂，微微细雨洒过青山，诗人登高远远望去，长安城中房舍叠嶂，草色闲闲。“千门”代指京城长安。草色本无情感，只是刚刚泛绿，诗人着一“闲”字，只是为了反衬出自己心中的愁。卢纶的家乡在河中蒲（今山西永济），刚好位于长安的东面，东风正是从家乡吹来，自然引起了思乡之情。颔联连用两个问句，直抒思乡之情。故乡就在梦中，但是实际上何日才能归去呢？春江上的船只来来往往，其中自然有许多像诗人这样的游子，他们之中又有几人能回到家乡？这两句表现诗人思乡情切，却只能在梦里回乡、只能羡慕着别人回乡的郁闷。

颈联寓情于景，再次写登高远望所见。“川原”，即家乡，诗人远望家乡，浮云缭绕，遥不可及；再近看长安城的宫阙，在夕阳的映照下错落有致。游子形象跃然纸上。尾联再次直抒胸臆，谁能想到我这个读书人生逢乱世、孤身一人的失意呢？我的鬓发已经斑白，却还漂泊在这遥远的秦关。这里除了前文的乡愁　更生出了感时伤世的忧愁，以及容颜衰老却功业未就的哀痛，情感深沉而复杂。

春夜闻笛

唐·李益（750？—830？）

寒山吹笛唤春归，迁客相看泪满衣。
洞庭一夜无穷雁，不待天明尽北飞。

| 辑 评 |

【清】乔亿《大历诗略》：意深于太白（李白）。

赏读

李益是中唐边塞诗的代表诗人，他的诗歌虽不乏豪放之词，但多数偏于感伤，主要抒写边地士卒久戍思归的怨望心情，而不再有盛唐边塞诗的豪迈乐观情调。他擅长绝句，尤工七绝。这首《春夜闻笛》具体写作时间不详，大概是诗人谪迁江淮时所写，表达了思归之情。

前两句写闻笛，“寒山”在今江苏徐州市东南，自东晋以来一直是淮泗流域战略要地，屡为战场，这里代指诗人贬谪的荒凉之地，单看“寒山”二字，既表现了初春夜里山中的寒冷，更烘托出诗人内心的寒苦凄凉。寒山的军中有人吹笛，仿佛是在呼唤着春回大地。这笛声凄厉而悠远，牵动着士兵的乡愁，也令迁客泪眼相对，湿透衣衫，“迁客”指遭贬斥放逐之人，诗人此时被贬谪，属于“迁客”之列。这两句表达了诗人强烈的思归情绪。

后两句是诗人想象之景。传说中，每年秋天，大雁从北方南飞到湖南衡山回雁峰过冬，次年春天天气暖和后又飞回北方。诗人想象着夜晚洞庭湖畔停宿的无数大雁，还没等到天亮就都急切地往北飞。这里想象大雁的北归的急切，正是诗人自己心情的映射。诗人是多么羡慕大雁，它们来去皆是自由的，春天到 便可以飞回家乡。对比之下，自己只是一介逐臣，没有自由之身．到了春天更无法回到家乡。这是何等凄凉！

城东早春

唐·杨巨源（755—833？）

诗家清景在新春，绿柳才黄半未匀。
若待上林花似锦，出门俱是看花人。

|辑 评|

【明】胡应麟《诗薮》：杨巨源“炉烟添柳重，宫漏出花迟”，语极精工，而气复浓厚，置初、盛间，当无可辨。又“岩廊开凤翼，水殿压鳌身”，奇丽不减六朝。此君中唐格调最高，神情少减耳。

赏读

这首诗的具体写作时间已无从考证，但从“城”“上林”等字眼可以看出，这首诗写的是长安城东的早春景色。杨巨源曾在京城为官多年，这首诗应该是诗人在长安城任官时所写。

首句直言诗人对早春景物的喜爱，“新春”即早春，“清景”既指早春景色本身的清新可爱，也表明这种景色刚刚萌生，尚未引起人们注意，所以景致格外清幽。

“绿柳才黄半未匀”是历来写早春之柳的佳句。春寒料峭的时节，百花还未盛开，柳叶还没有泛青，柳树上才开始抽出鹅黄的嫩芽，颜色还不均匀，“才”和“半”字突出了早春柳树的特点。虽然这句是整首诗中唯一实写春色的句子，却抓住了早春的神韵。

三四句是虚写，是诗人想象之景。“上林”指古代的皇家园林。等到了仲春时节，长安城里繁花似锦，到时候出门到处都是赏花的人。可见“看花人”与“诗家”对春天的欣赏是完全不同的。这两句以仲春时万紫千红、游人如织的情景，反衬出早春的清新幽静，表达了诗人对新春“清景”的喜爱。

整首诗构思巧妙、对比鲜明，将早春有别于仲春的清幽别致写得耐人寻味。

春山夜月

唐·于良史(?)

春山多胜事，赏玩夜忘归。
掬水月在手，弄花香满衣。
兴来无远近，欲去惜芳菲。
南望鸣钟处，楼台深翠微。

|辑 评|

【元】方回《瀛奎律髓》:“掬水”“弄花”一联，恐是偶然道着。先得一句，又凑一句，乃成全篇。于六句缓慢之中，安顿此联，亦作家也。

【清】屈复《唐诗成法》：结亦有余味。二联俗中传诵已久，故录之。

【清】刘文蔚《唐诗合选详解》：“掬水”二句，逸兴幽情，结成妙想，成妙句。

赏读

于良史是唐代诗人，生卒年不详，唐玄宗天宝十五年（756）前后在世。他的五言诗清丽超逸，对仗工整。多写景，构思巧妙，形象逼真，同时寄寓思乡和隐逸之情。这首诗写的是在一个春夜，游山赏月的乐趣。

首联先点明出游的兴致，春天的山中有许多美好的景物，以至于自己只顾游玩，夜幕降临后还留恋不已，忘了归去。接下来的颔联就是具体描写春山中的“胜事”：掬起一捧清澈的山泉，水中倒映出月影，月亮就在自己手中了；拨弄着花草，芳香溢满衣衫。“胜事”仅仅只写了“掬水”“弄花”这两件，却足以表现春天山中夜景的迷人：水光与月影的交融，花草的馥郁之气，都是令诗人驻足流连的原因。这两件小事，妙趣横生，也表现了诗人的童心未泯和对自然的喜爱。

颈联与首联相呼应，游玩的兴致正浓，哪管路途远近呢，诗人几次想离开，却仍然沉醉于山中月下的美景。尾联由声音引出画面，由近景转向远景。正在留恋不舍时，远处传来一阵悠扬的钟声，诗人望向钟声传来的南边，只见一片青翠远山中的楼台若隐若现。钟声并没有打破春夜山中的静谧，反而令诗人的视线转向远处，注意到另一番宏阔的景致。全诗以悠扬的钟声和宏阔的远景作结，悠远隽永，余味无穷。

月夜

唐 · 刘方平（？ ）

更深月色半人家，北斗阑干南斗斜。
今夜偏知春气暖，虫声新透绿窗纱。

| 辑 评 |

【清】黄叔灿《唐诗笺注》：写意深微，味之觉含毫邈然。

【清】宋顾乐《唐人万首绝句选评》：写景幽深，含情言外。

【清】顾贞观："二十有八字无可用者，其'透'一字妙甚，故言唐人村田之诗善者当此绝句。"

赏读

刘方平是唐玄宗天宝年间诗人，生卒年不详，约758年在世，字、号均不详，工诗，善画山水。他的诗歌多咏物写景之作，尤其擅长绝句，多写闺情、乡思，思想内容较贫弱，但艺术性较高，善于寓情于景，意蕴无穷。这首诗写的是初春的月夜。

诗一开头就点明时间，夜半更深了，月亮斜照着半家庭院，所谓的“半人家”，可以与皓月当空区分开来，是已经西斜了的月亮，只能映照一半的庭院，而另一半则在黑暗中。

“北斗阑干南斗斜”这句采用互文的手法，“阑干”也是指横斜的样子，北斗和南斗都已经发生横斜，表明时间推移，进一步点明了“更深”。这两句以星月西斜的天象、明暗两边的庭院，描绘出一个静谧深沉的夜晚。

从前两句可以看出诗人对自然的观察非常细腻，后两句则更是体现诗人对物候变化的细微感受。前两句写春夜之静，后两句从静寂中生发出生命的萌动。

清冷的月夜散发着寒意，殊不知春天的暖意偏偏是从今夜开始的。你听，透过绿窗纱传来一声清脆的虫鸣，虫儿可是率先知道春气渐暖。在如此静谧的深夜，虫声虽然微弱却又十分引人注意，传入了诗人的耳朵，似乎小虫和诗人同时发觉春天的气息。“新”字写出了对初春的美好期盼，万象更新，充满活力。

春怨

唐·刘方平（？）

纱窗日落渐黄昏，金屋无人见泪痕。
寂寞空庭春欲晚，梨花满地不开门。

辑评

【明】唐汝询《汇编唐诗十集》：唐云：四语只是形容冷落。

【清】范大士《历代诗法》：无聊无赖，那得不怨？

刘永济《唐人绝句精华》：此诗于时于境皆极形其凄寂，处在此等环境中之人之情如何，不言而喻，况欲得一见泪痕之人而无之耶！设想至此，诗人用心之细、体情之切，俱非易到。

赏读

这是一首宫怨诗，写的是暮春黄昏景下，寂寞凄凉的宫人。

“一日之愁，黄昏为切；一岁之怨，春暮居多。”首句点明时间，纱窗上的日影已经落下，黄昏正渐渐来临，营造出一种凄凉寂寞的意境。“金屋无人见泪痕”，“金屋”用的是汉武帝金屋藏阿娇（陈皇后小名）的典故，表明宫人曾经也受到过恩宠，而如今在这与世隔绝的深宫之中，华丽的宫室她一人独在，无依无伴，满面挂着泪痕。“寂寞空庭春欲晚”则更增添了一丝孤寂，不仅屋内无人，庭院里也是空无一人，寂寞幽深的庭院里，春天将尽，梨花满地，紧闭着院门。

写了日落又写了黄昏，“金屋无人”后又写“寂寞空庭”，写了春晚又写“梨花满地”，如此反复描写，重叠渲染，营造出一种无以复加的凄凉。宫人的心情得到了充分的体现，把诗中人无依无伴、与世隔绝的悲惨处境写到了无以复加的地步。

春兴

唐 · 武元衡（758—815）

杨柳阴阴细雨晴，残花落尽见流莺。
春风一夜吹乡梦，又逐春风到洛城。

| 辑 评 |

【清】黄叔灿《唐诗笺注》：旅情黯黯，春梦栩栩，笔致入妙。

俞陛云《诗境浅说续编》：诗言春尽花飞，风吹乡梦，虽寻常意境，情韵自佳。三、四句“乡梦”“春风”，循环互用，句法颇新。

赏读

这首诗的题目为“春兴”，指的是由春天的景物触发的种种情思。

诗的前两句写的是江南暮春的景物。这是一个雨过初晴的春日，雨后“杨柳阴阴”，不同于早春杨柳的嫩绿稀疏，仅“阴阴”二字便写出了杨柳成荫、翠绿浓密的特点，透露出现在早已是暮春了。一场雨使得本来稀疏的花朵凋零殆尽，露出了其中乱啼的黄莺，春天已经接近尾声了。面对如此残败的暮春景象，羁旅在外的诗人难免会联想到故乡的春天，是否也如江南春天这般即将消逝？

异乡的春景引发了诗人的乡思之情，就是“春兴”。诗人并未直接抒怀，而是以含蓄的笔触写春风吹来乡梦、乡梦追逐春风，将浓郁苦闷的思乡之情写得轻飘而美妙。

“春风一夜吹乡梦，又逐春风到洛城。”这两句看似平淡，想象却十分新颖奇特。梦本来是很虚幻缥缈的东西，这里诗人的思乡之梦却如云彩一般可以被春风吹送，也能追逐着春风。春风是多情的、善解人意的，似乎理解诗人的乡思情切，给熟睡的异乡人带来乡梦，诗人的思绪随春风飞到了故乡洛阳城。在梦里，诗人的乡思得到了慰藉。

江南春

唐·张籍（765？—830？）

江南杨柳春，日暖地无尘。
渡口过新雨，夜来生白蘋。
晴沙鸣乳燕，芳树醉游人。
向晚青山下，谁家祭水神？

| 辑 评 |

【元】方回《瀛奎律髓》：思新，不拘对偶，可喜。

【元】方回《瀛奎律髓汇评》：冯班：结得远。纪昀：三、四自然，其妙在“红入”“青归”之上，而虚谷不知。结句偏枯而单弱，冯云：“结得远”，非也。何义门：此是楚辞中所谓“江南”，故有落句。

赏读

张籍是唐代中后期诗人，他是韩门大弟子，其乐府诗与王建齐名，并称“张王乐府”。他的律诗不事藻饰，不假雕琢，于平易流畅之中见委婉深挚之致，对晚唐五律影响较大。这首诗描绘的是江南水乡的春景。

“江南杨柳春”点明地点和时间，江南的春天，杨柳茂盛，因为湿气较重，所以地面没有尘土。颔联紧承着湿气重写到了春雨，河边的渡口刚下过一场春雨，细雨滋润着大地，所以夜间潮湿的泥土里便长出了白蘋，一个“过”字，写出了春雨飘洒的动态感，一个“生”字，表现了白蘋欣欣向上的生长姿态，展现了春天的勃勃生机。

到了第二天清晨，雨过天晴，在经过一夜春雨的滋润后，春天的气息更浓了。“晴沙鸣乳燕，芳树醉游人。”阳光温暖，河滩上传来新燕的啼叫。花树上鲜花繁茂，芬芳馥郁，令游人迷醉，流连着不想离去。新燕与游人同写，表现了人与自然的和谐共处、欢乐无忧。尾联写黄昏的景色，临近傍晚的时候，在那青山脚下的水边，谁家还在摆着贡品、祭着水神？

这首诗一句一景，语言平易自然，清新怡人，将江南水乡描绘得绚丽多彩。

早春呈水部张十八员外 其一

唐·韩愈（768—824）

天街小雨润如酥，草色遥看近却无。
最是一年春好处，绝胜烟柳满皇都。

| 辑 评 |

【清】黄叔灿《唐诗笺注》："草色遥看近却无"，写照工甚。正如画家设色，在有意无意之间。"最是"二句，言春之好处，正在此时，绝胜于烟柳全盛时也。

【清】朱彝尊《批韩诗》：景绝妙，写得也绝妙。

赏读

此诗作于唐穆宗长庆三年（823）早春，韩愈时年五十六岁，刚任吏部侍郎不久，位尊年高，心情较为愉悦。这首诗是写给时任水部员外郎的诗人张籍，他在兄弟辈中排行十八，故称“张十八”。韩愈曾邀张籍游春，却被张籍以官事和年老推辞，故作《早春呈水部张十八员外》两首寄赠，极言早春之美，希望和他共赏早春景致。这里选其一。

首句写长安的街道飘起蒙蒙细雨，如酥油般细密润泽，这雨不同于冬雨的阴冷，分明传递着初春的气息。次句紧承首句，春雨润泽下的小草，远远望去依稀连成一片，缥缈着淡淡的草色；可当走近细看，却只是稀疏零星的一些嫩芽，并没有什么颜色。“草色遥看近却无”这一传世名句，看似平淡，却体察入微，富有哲理。接下来的三四句，诗人以暮春为对照赞美早春，认为早春正是春天中最好的时候，比那烟柳遍布长安的暮春不知要胜过多少倍。

历来写春的诗歌，很多极力描摹繁花似锦、杨柳堆烟的暮春。而在诗人眼中，暮春色彩虽美，却不及早春之景别致有趣。那润泽如酥的春雨，缥缈若无的草色，不仅充满清新美感和欣欣生机，更预示着万物复苏，大地回春。这对于刚经历了一个严冬的人来说，是多么美好而令人欣喜的珍贵啊！韩愈作此诗时，虽已年近花甲，却兴致盎然地迎接早春，更加渴望生命的活力。

晚春

唐·韩愈（768—824）

草树知春不久归，百般红紫斗芳菲。
杨花榆荚无才思，惟解漫天作雪飞。

|辑 评|

【清】汪森《韩柳诗选》：意带比兴，出口自活，以下数首皆然。

【清】潘德舆《养一斋诗话》：（王昌龄《青楼曲》）第二首起句云“驰道杨花满御沟”，此即“南山荟蔚”景象，写来恰极天然无迹。昌黎诗云：“杨花榆荚无才思，惟解漫天作雪飞”，便嚼破无全味矣。

赏读

这首诗是《游城南十六首》中的一首，写的是郊游所见的暮春之景。钱仲联《韩昌黎诗系年集释》认为这首诗写于唐宪宗元和十一年（816），此时韩愈已年近半百。

对于春天的逝去，人们常常会产生深切的留恋。花草树木本来是无情之物，在诗人笔下，却也同人一样有了感情，它们仿佛知道春天即将消逝，它们不仅能“知”，还能凭借着各自的“才思”，来“斗”，于是赶在这暮春时节竞相开放，争奇斗艳。诗人用拟人的手法，大胆的想象，将暮春时节繁花似锦、春意无限的情景写得生动有趣。表达了诗人的惜春之情。可怜那杨花和榆荚，它们朴实无华，没有万紫千红的色彩，只知道漫天飞舞，好似片片雪花。

这首诗一反常见的惜春的感伤基调，以别有生趣的手法，将花与人的感情融为一体，表达了诗人的惜春、爱春，即使是暮春也依然乐观向上。同时还富含哲理，“无才思”的杨花榆荚未必不可爱，它们虽然没有艳丽的姿色，却也不甘落后，为暮春增色。平凡普通的人只要有努力向上的心态，勇敢抓住机遇，都是可爱可敬的。

春雪

唐·韩愈（768—824）

新年都未有芳华，二月初惊见草芽。
白雪却嫌春色晚，故穿庭树作飞花。

|辑 评|

【清】朱彝尊《批韩诗》：常套语，然调却流快。

【清】刘公坡《学诗百法》：作诗实写则易落板滞，空翻则自见灵动。唐诗中韩愈《春雪》一首，可谓极空翻之能事矣。

朱宝莹《诗式》：此诗首句、二句从“春”字咀嚼而出，看似与雪无涉，而全为三句、四句作势，几于无处不切“雪”字。三句、四句兜转，备具雪意、雪景，不呆写雪，而雪字自见，不死做春，而春字自在。四句一气相生，以视寻常斧凿者，徒见雕斫之痕，其相去远矣。

赏读

“新年都未有芳华”，新年即农历正月初一，对于还处于严冬的北方来说，看不到芬芳的鲜花是正常的，诗人却特意写出，自己是多么急切地盼望着春天的到来，所以从新年伊始便开始盼望着，早早地找寻大地的第一缕春意。一直到了二月，诗人才惊喜地发现小草已经冒出了嫩芽。一个“初”字含蓄地流露出诗人对于春来得太晚、花开得太迟的遗憾。然而诗人心中更多的是惊喜，久久盼望的春天，终于姗姗而来。

此时，就连白雪也嫌春色来得太晚了，故意像花儿一样在庭院的树木中穿梭。“却嫌”“故穿”用拟人的手法，纷纷扬扬的飘雪，本来是无情无意识的自然现象，诗人却赋予了雪花以人的灵性和情感，它们也是耐不住这姗姗来迟的春天，所以自己洒下了一片春意。“作飞花”是一幅极其热闹而浪漫的动态图景，将人带入了三月的春天，到时百花盛放、落英缤纷，恐怕也像今日这飘飞的雪花吧。

整首诗将初春的景象写得富有情趣，显露出诗人冬去春来的欣喜心情。

春闺思

唐·张仲素（769？—819？）

袅袅城边柳，青青陌上桑。
提笼忘采叶，昨夜梦渔阳。

辑评

【明】徐用吾《唐诗分类绳尺》：真情实意，词语悲婉。

【明】唐汝询《唐诗解》：见柳而感别；因桑而怀人，宜其不能采也。此从《卷耳》翻出。

【清】李锳《诗法易简录》：前二句皆说眼前景物，而末句忽掉转说到昨夜之梦，便令当日无限深情，不着一字而已跃跃言下。笔法之妙，最耐寻味。

赏读

张仲素是中唐诗人，他的诗歌多为乐府歌辞，题材以写征人思妇的居多，尤其以写闺情诗见长，其语言清婉爽洁，悠远飘逸。唐代边境战争频繁，又加上安史之乱，给人民带来了极大的痛苦。这首《春闺思》便刻画了一位思念丈夫的采桑女形象。

“袅袅城边柳，青青陌上桑。”勾勒出了一幅满眼绿意的春景图。“袅袅”“青青”两个叠词朗朗上口，生动地摹写出柳条、桑叶的情态、颜色。城边的大道旁，柳树枝条修长，在风中袅娜生姿；田间的小路上，桑叶青葱茂盛。这两句写景，不仅点“春”，更渲染了下文“闺思”的氛围：杨柳依依，勾起了依依送别的往事；桑叶青绿，如何不令人“昼夜常怀丝（思）”？

后两句由写景转为写人，刻画了女主人公的特写形象。和众多的采桑女一样，她也来到郊外采桑，却在树下凝住了神思，无心采摘，手中提着一个空空的竹篮。在这个特写镜头下，她虽身在桑下却心不在“桑”，是什么让她心事重重呢？末句“昨夜梦渔阳”给出了答案。原来是昨晚梦到了丈夫所在的戍边前线，“渔阳”是唐代时征戍之地，是女子丈夫从军的地方。诗人不说采桑女眼前如何思念丈夫，却只是倒叙昨夜之梦，意蕴悠远，含蓄地表露出女子朝思暮想的悠长情思。

这首小诗婉曲生动，剪裁精工，语约意远，堪称佳作。

和乐天·春词

唐·刘禹锡（772—842）

新妆宜面下朱楼，深锁春光一院愁。
行到中庭数花朵，蜻蜓飞上玉搔头。

|辑 评|

【清】宋顾乐《唐人万首绝句选评》：末句无谓自妙，细味之，乃摹其凝立如痴光景耳。

俞陛云《诗境浅说续编》：此春怨词也，乃仅曰“春词”，故但写春庭闲事，而怨在其中。第二句言一院春愁，即其本意。

赏读

这是刘禹锡为白居易的《春词》所写的一首和诗。

诗的开篇便托出一个妆容精致的年轻女子形象，她精心梳妆完毕，脂粉涂抹得与面色相宜，更显得俏丽妩媚了。如此装扮一新，又匆匆赶下朱楼，想必是心怀喜悦和期待的，希望新化的妆容能够被人欣赏。“深锁春光一院愁”紧接着写女子下楼来到庭院的所见：阳光明媚，花红柳绿，蜂飞蝶绕，可谓春色满园。然而这偌大幽深的庭院，院门紧锁，锁住了春光和自己，春光再好也没有人一同欣赏，只会令人更加寂寞。

本来带着希望下楼，结果却是惹起了无端的春愁，三四句进一步写愁绪。“行到中庭数花朵”，百无聊赖中，她只好在庭中踱步，数着新开的花朵来打发时间。花与人似乎惺惺相惜，融为了一体，同样都是灿烂绝美，却锁在深闺、无人赏识。一只无知的蜻蜓却似有情，以为她是园中最美的花朵，飞上了她头上的玉搔头。这句不仅表现了女子的美，更衬托出她孤寂凄清的处境。只有蜻蜓欣赏她的美，表现了女子不得宠幸的寂寞和悲哀。

“愁”是全诗的诗眼，而整首诗除了第二句一个“愁”字，通篇不言愁。从女子梳妆到下楼的一连串动作，到期望变成失望的愁上心头，再到她沉浸于数花朵的凝神放空，女子的内心世界、动作情态都被刻画得生动传神，女子的哀愁被写得凄婉动人。

大林寺桃花

唐·白居易（772—846）

人间四月芳菲尽，山寺桃花始盛开。
长恨春归无觅处，不知转入此中来。

|辑 评|

【清】黄周星《唐诗快》：只恐“此中”亦不能久驻，奈何！

刘永济《唐人绝句精华》：此诗亦以见诗人所感有与常人不同者。苏轼《望江南》词有“百舌无言桃李尽，柘林深处鹁鸪鸣，春色属芜菁”之句，辛弃疾《鹧鸪天》词亦有“城中桃李愁风雨，春在溪头荠菜花”之句，皆与白氏此诗用意相同，可以互参。

赏读

唐宪宗元和十二年（817），白居易当时任江州（今江西九江）司马。四月的某日，他与友人来到江州庐山上的大林寺，这首诗便是当时即景写成。

诗的开篇即点明时间，农历的四月，正是山下芳菲落尽的时候，而高山古寺里的桃花竟然才刚刚开放。这是因为海拔差异导致山寺的气温远低于山下，所以春天也来得更晚。诗人用“人间”代指“山外”，言外之意是，来到山寺仿佛从人间步入了仙境，流露出在山中邂逅春天的惊喜。

诗人在登山之前，常常为春天归去匆匆、无处寻觅而伤感，而当山中的一片桃花映入眼帘，才知道春天竟悄然转到这深山古寺里来了。春在诗人笔下如同一个调皮的小孩，来去匆匆又四处躲藏，惹人恼又惹人爱，如果不是诗人对春的热爱和格外留意，是难以写得这样生动有趣的。

整首诗浅显易懂，却构思新巧，富有情趣，本来是气候景物因地势而异的自然现象，却被敏锐的诗人抓取到诗意。可谓唐人绝句中的珍品！

钱塘湖春行

唐·白居易（772—846）

孤山寺北贾亭西，水面初平云脚低。
几处早莺争暖树，谁家新燕啄春泥。
乱花渐欲迷人眼，浅草才能没马蹄。
最爱湖东行不足，绿杨阴里白沙堤。

|辑 评|

【清】金圣叹《贯华堂选批唐才子诗》：前解先写湖上。横开则为寺北亭西，竖展则为低云平水，浓点则为早莺新燕，轻烘则为暖树春泥。写湖上，真如天开图画也。后解方写春行。花迷、草没，如以戥子称量此日春光之浅深也。“绿杨阴里白沙堤”者，言于如是浅深春光中，幅巾单袷款段闲行，即此杭州太守白居士也。

【清】何焯《唐律偶评》：平平八句，自然清丽，小才不知费多少妆点。

| 赏读 |

唐穆宗长庆二年（822）七月，白居易被任命为杭州的刺史，这首《钱塘湖春行》当作于长庆三、四年（823—824）间的春天，描绘了钱塘湖（即西湖）早春的美妙风景。

首联即点出诗人所在的位置和所见的远景。连用“孤山寺”和“贾亭”两个地名，表明诗人在达行達边游赏，放眼望去，只见湖水荡漾，白云低垂，平静的湖面和低垂的白云构成了一幅静谧和谐的画面。“初平’体现了诗人对早春湖水的敏锐感受，春潮初涨，水面比冬天时候略高，快与堤岸齐平了。

接下来的两联着力描写了钱塘湖的春光：颔联写禽鸟，几只黄莺大清早争着抢占向阳的树木，不知谁家檐下的新燕在忙着衔泥筑巢。以“早”和“新”形容莺和燕，体现了春天新生命的活力，“争”和“啄”两个动词更是将黄莺、燕子在春天忙碌和喜悦的可爱神态写活了。颈联转写花草。钱塘湖畔，四处花团锦簇，“乱”字写出了花的颜色多、品种多、花香馥郁的生长状态，令人应接不暇，迷乱了赏花人的眼。虽然乱花迷人眼，但终究是早春，草木还没有真正茂盛，所以“浅”草刚刚能遮住马蹄。“渐欲”“才能”与首联的“初平”相呼应，再次突出了早春景物的特点。

如此湖光春景，真让人百游不厌。

题都城南庄

唐 · 崔护（772—846）

去年今日此门中，人面桃花相映红。
人面不知何处去，桃花依旧笑春风。

| 辑 评 |

【宋】沈括《梦溪笔谈》：诗人以诗主人物，故虽小诗，莫不埏蹂极工而后已。所谓“旬锻月炼”者，信非虚言。小说崔护《题城南》诗，其始曰：“去年今日此门中，人面桃花相映红。人面不知何处去，桃花依旧笑春风。”后以其意未全，语未工，改第三句曰“人面只今何处在”。至今所传此两本，惟《本事诗》作“只今何处在”。唐人工诗，大率多如此。虽有两“今”字，不恤也，取语意为主耳。后人以其有两“今”字，只多行前篇。

赏读

唐人孟棨的《本事诗》记载了这首诗的“本事”，这是一个浪漫的爱情故事：清明时节，崔护进士考试落榜后，独自去长安南郊游玩，邂逅了一位美丽女子，随即怅然分别。次年清明节，崔护再访此女不遇，于是在门上题写此诗。后来再访，得知女子因相思成疾去世，而后女子又还魂与崔护在一起。这一故事颇具传奇色彩，其真实性也难以印证。前两句是回忆的场景，“去年今日”点出回忆是整整一年前，“此门”则表明地点依旧，这里时间和地点都非常确切，可见诗人对于回忆的深刻难忘。“人面桃花相映红”正是深深烙印在诗人脑海的画面。春天的桃花开得灿若云霞，置于这样背景中的少女却能丝毫不逊色，花与人相映成趣，构成了一道绝美的风景。以“红”字形容人面，不仅写出了少女娇艳如花的容颜，还表现了少女见到男子时娇羞的情态。

后两句写现实的情景，一年后的今天，诗人又情不自禁来到此处，依然明媚的春日，依然灿烂的满树桃花，却少了诗人急于寻找的艳若桃花的笑脸，“人面不知何处去”道出了诗人的失望与无奈，美丽的少女或是离开或已嫁人，终归是无缘再见了。桃花无情，怎会理解人的相思，依然在枝头得意地盛放。“桃花依旧笑春风”，更加衬托诗人的多情和惆怅。少了少女的映衬，桃花也黯然失色了。

“人面”和“桃花”在诗中反复出现，是贯穿整首诗的线索，诗人用巧妙的手法，将回忆里和现实中的同样场景对照、连串起来。一见倾心，想见而不得见，只能默默相思，简单的诗句，道出了多少人的故事，又勾起了多少的相思怅惘。

感春

唐·李贺（791？—817？）

日暖自萧条，花悲北郭骚。
榆穿莱子眼，柳断舞儿腰。
上幕迎神燕，飞丝送百劳。
胡琴今日恨，急语向檀槽。

赏读

有“诗鬼”之称的著名中唐诗人李贺，最擅长描写奇诡的神鬼世界，想象丰富奇特，词采缤纷诡丽，是继屈原、李白之后，中国文学史上又一位颇享盛誉的浪漫主义诗人。然而这首《感春》却是李贺难得的写现实生活景况的作品。

初春时节，天气渐暖，本是万物复苏、生机勃发的季节，在诗人眼中却是一片冷落萧条，百花盛开，似乎在悲悯我这穷困的北郭骚。“北郭骚”是《吕氏春秋》中一位靠编网、捆蒲苇、织鞋子来供养母亲的人，李贺有母又家贫，因此以北郭骚自比，比喻自己家境的萧条。颔联以含蓄的笔法写家境的贫困。家中没有一文钱，只有像荚子钱一样的穿眼的榆荚。榆树的叶子，中间有孔，形状如钱，所以榆叶又称榆钱。没有舞伎娱乐，只有比舞女的腰更纤细柔软的柳条。

“上幕迎神燕，飞丝送百劳。”写的是春天迎祥祛灾的习俗：张开帘幕，迎接神燕，弋射飞丝，送走伯劳。《礼记·月令》中载，燕子来临是祈求生子的时候，祭神禖来求子，所以称“神燕”。飞丝，即弋射，用绳系在箭上发射；百劳即伯劳鸟，是古代预示凶兆的恶鸟，所以有送伯劳的习俗。诗人寄托于神燕带来福祉，希望送走伯劳的同时摆脱不幸。

苦恨连连，不知从何倾诉，更无人倾诉，“胡琴”便成了诗人泄愤的途径，“琴槽”是他倾诉的对象。诗人弹起胡琴，这春日里的满腔的郁闷和愁恨，便化作了频繁急切的琴声，扑向檀木琴槽。

江南春

唐·杜牧（803—852？）

千里莺啼绿映红，水村山郭酒旗风。
南朝四百八十寺，多少楼台烟雨中。

|辑 评|

【清】黄周星《唐诗快》：若将此诗画作锦屏，恐十二扇铺排不尽。

【清】周咏棠《唐贤小三昧集续集》：字字着色画。此种风调，樊川所独擅。

【清】宋宗元《网师园唐诗笺》：江南春景，描写莫尽，能以简括，胜人多许。

赏读

这首诗描绘了一幅江南春景图。

诗的首句以“千里”二字统领全篇，不是写某一处的春景，而是描绘了一幅广阔的江南春景图。辽阔的江南大地上，莺啼婉转，桃红柳绿，一片生机盎然的景象。以江南之辽阔，春天定是百鸟齐鸣，百花齐放，那就写不尽了，所以诗人选取了“莺啼”这一最具代表性的鸟声，“绿映红”这种错落多彩的视觉感受，用极具概括性的语言，将江南的风景写得具体动人。

紧接着“水村山郭酒旗风”进一步概写江南风貌，“水村山郭”点明了江南人家的居住特点——村庄和城郭都是依山傍水。“酒旗风”则写出了春风吹得酒旗飘扬的动态感，令人感受到春风的温暖柔和，富有生活气息。

前两句的江南景色是晴朗明丽的，三四句诗人便将画面转向了一个烟雨江南，寺庙和楼台是江南景观的重要部分，“四百八十”和“多少”都是概数，体现了其数量之多。“南朝”给寺庙增添了历史的厚重感，更有一种借古讽今的意味。诗人生活的晚唐，战祸四起，民不聊生，统治者竟然效仿南朝，大兴佛寺，以祈求长生不老，江山永固。殊不知只会加重危机，祸国殃民。最后一句的叹息，表现了诗人对于历史变迁的思索和迷茫。

金谷园

唐·杜牧（803—852？）

繁华事散逐香尘，流水无情草自春。
日暮东风怨啼鸟，落花犹似坠楼人。

|辑 评|

【清】宋顾乐《唐人万首绝句选评》：落句意外神妙，悠然不尽。

俞陛云《诗境浅说续编》：前三句景中有情，皆含凭吊苍凉之思。四句以花喻人，以“落花”喻“坠楼人”，伤春感昔，即物兴怀，是人是花，合成一凄迷之境。

赏读

这是一首怀古抒情之作，诗人于某个春日经过金谷园，触景生情，写下了这首诗。金谷园是西晋石崇的别墅，遗址在今河南省洛阳市东北，曾经极其奢丽，石家败落后，金谷园也随之荒废，唐代时已成为供人凭吊的古迹。

前两句抒发对金谷园繁华逝去的感慨。“繁华事散逐香尘”，诗人来到金谷园，只见满目荒凉，不禁联想起金谷园繁华往事。“香尘”的故事极其奢靡，据王嘉《拾遗记》记载：“石季伦（崇）屑沉水之香如尘末，布象床上，使所爱者践之，无迹者赐以真珠。”曾经的富庶繁华，犹如香尘般随风飘散，荡然无存了。次句“流水无情草自春”转写眼前的春景，这里“无情”和“自”用得巧妙，赋予流水和春草冷漠无情的感情色彩，对于世事的变迁、人的悲欢离合，它们丝毫不为之所动，又是一年春天降临，河水无情地流淌，野草径自年年碧绿。虽是写景，却饱含诗人的感慨。

后两句“日暮东风怨啼鸟，落花犹似坠楼人”以春景抒发感慨。日暮时分，东风萧飒，传来啼鸟的哀鸣；园中落花纷飞，恰似那为石崇坠楼自殒的绿珠。春风吹拂，春鸟鸣啭，春花飘落，本来是赏心乐事，但诗人将时间放置在日暮时分，又身处于荒凉的园林，所有春景似乎也染上了感情色彩。啼鸟声音哀怨凄切，落花也有悲剧意味，最后的比喻十分贴切，诗人对石崇爱姬绿珠的跳楼自殒深感悲悼和同情。

整首诗句句写景，景中寓情，意境深远。

惜春词

唐·温庭筠（812？—866？）

百舌问花花不语，低回似恨横塘雨。
蜂争粉蕊蝶分香，不似垂杨惜金缕。
愿君留得长妖韶，莫逐东风还荡摇。
秦女含颦向烟月，愁红带露空迢迢。

|辑 评|

【明】许学夷《诗源辩体》：庭筠七言古声调婉媚，尽入诗余……如“四方倾动烟尘起，犹在浓团梦魂里。后主荒宫有晓莺，飞来只隔西江水”“为君裁破合欢被，星斗迢迢共千里。象尺薰炉未觉秋，碧池已有新莲子”“回嘲笑语西窗客，星斗寥寥波脉脉。不逐秦王卷象床，满楼明月梨花白”“玉墀暗接昆仑井，井上无人金索冷。画壁阴森九子堂，阶前细月铺花影”“百舌问花花不语，低回似恨横塘雨。蜂争粉蕊蝶分香，不似垂杨惜金缕”等句，皆诗余之调也。

赏读

温庭筠是晚唐著名的诗人、词人。他的诗歌辞藻华丽，浓艳精致，内容多写闺情，与李商隐齐名并称“温李”。他的词作注重文采和声情，艺术成就在晚唐诸词人之上，被尊为“花间词派”鼻祖，词史上与韦庄并称“温韦”。这首《惜春词》是一位倡家女子惜春自怜的作品。

诗的前两联写景。“百舌问花花不语”同时赋予了花和鸟情感色彩，百舌，即乌鸫，是一种鸣啭丰富婉转的鸟。一场春雨过后，垂败的花朵带着雨滴，如同含着泪光，百舌鸣啭不已，像是不断询问花儿为何哭泣，而花却默默不语，低头流连，怨恨横塘的雨让自己青春凋零。接着颔联由雨打花落的衰败转写春意盎然的景象：蜜蜂争相采集着花粉，蝴蝶也分享着花的芳香。不像垂杨柳那样珍惜一丝丝金色的枝条。

“愿君留得长妖韶，莫逐东风还荡摇。”是对花的寄语：花儿呀，希望你能够长久保持妖娆妩媚，不要追逐东风而被吹得残落。尾联中的“秦女”，即倡家女子，出自梁简文帝诗“倡楼秦女乍相值”。至此，我们知道诗中的女主人公是一个年华逝去的倡女。她对于落花的寄语也是她的自我慰藉，花就是她自己的象征，时光荏苒，青春凋零如同那被风雨打落的花朵。她是在借花自怜、借花伤春。她皱着眉头望向烟云笼罩的月亮，忧愁含泪的容颜空对远方。

春雨

唐·李商隐（813？—858？）

怅卧新春白袷衣，白门寥落意多违。
红楼隔雨相望冷，珠箔飘灯独自归。
远路应悲春晼晚，残宵犹得梦依稀。
玉珰缄札何由达，万里云罗一雁飞。

| 辑 评 |

【清】姚培谦《李义山诗集笺注》：此借春雨怀人，而寓君门万里之感也……此等诗，字字有意，概以闺帏之语读之，负义山极矣。

【清】纪昀《玉溪生诗说》：宛转有味。平山笺以为此有寓意，亦属有见。然如此诗即无寓意，亦自佳。

【清】张文荪《唐贤清雅集》：以丽语写惨怀，一字一泪。用比作结，不知是泪是墨，义山真有心人。

赏 读

这首诗写于大中四年（850），是诗人初到徐幕雨夜思家所作，题作“春雨”，是以春雨为背景，抒写诗人相思怀人的情感。

开篇即以“怅”字点染情绪，初春时节，细雨绵绵，诗人穿着白夹衣，满怀惆怅地躺卧在床。“白门”指代男女幽会之地，曾经欢会的地方，如今寂寥冷清，不见恋人的身影，怎能不愁闷呢？“红楼隔雨相望冷，珠箔飘灯独自归。”诗人想起了上一次找寻恋人的情景：来到了伊人住过的红楼，如今人去楼空，隔着风雨望去，倍觉凄凉。不知道呆呆站立了多久，直到雨中人家灯火闪烁，才独自茫然归去。

“远路应悲春晼晚，残宵犹得梦依稀”是诗人的想象，远方的伊人，大概也在为这衰败的暮春景色而悲伤，如今我们只有在残夜的梦境中依稀相见了。诗人相思难耐，无尽的思念化作了一封饱含深情的信札，想要连同玉珰一起寄给伊人，然而千山万水，又怎么能传到她的手中呢？这时阴雨密布的天空中，一只孤雁飞过，它能带着我的信物穿破这万里云霄吗？尾联两句，使得惆怅更深一层，书札信物无法传达，我的思念只能归于无声了。

诗中“白袷衣”“红楼”“珠箔”“玉珰”等色彩鲜明的意象，使得全诗色彩绚烂，而在春雨迷蒙绵延的背景下，所有意象共同营造了一个凄迷清冷的意境，鲜丽的色彩更加反衬出诗人内心的惆怅，令人伤怀。

春日

唐·韦庄（836？—910？）

忽觉东风景渐迟，野梅山杏暗芳菲。
落星楼上吹残角，偃月营中挂夕晖。
旅梦乱随蝴蝶散，离魂渐逐杜鹃飞。
红尘遮断长安陌，芳草王孙暮不归。

辑评

【清】钱牧斋、何义门《唐诗鼓吹评注》：此春日在吴触物怀乡而作也。首言吾于客中忽觉春色之迟迟，野梅山杏亦芳菲菲其蔽目焉。时则残角吹于落星之楼上，夕阳坠于偃月之营中，此皆有以动吾思归之念者也。所以羁旅之梦，每随蝴蝶而散；别离之魂，又逐杜鹃而飞，宜乎其早赋归欤矣。今者回首长安，但见红尘满陌；而芳草青青，王孙未返，此情当何似耶？

赏读

韦庄是晚唐诗人、词人，与温庭筠同为“花间派”代表作家，并称“温韦”。他的诗歌风格清丽深婉，多以伤时、感旧、离情、怀古为主题。这首《春E》是一首抒发羁旅乡愁的作品。

前四句描写春景。忽然感觉到东风的吹拂，白日也渐渐长了，春色越来越浓，野梅花、野山杏在暗暗地散发出迷人的芳香。落星楼上飘来孤独的号角声，偃月营中映满夕阳的余晖。“落星楼”在南京市东北临江的落星山上，“偃月营”即半月形的阵营。这两联从视觉、嗅觉、听觉等多种感觉将初春的景致描绘得细腻动人、万象一新，却是为下文抒情作下铺垫。

五六句以梦抒情。白日里美妙的春光勾起了诗人的乡思，于是乡思便入梦中，梦里自己变成蝴蝶飞回了故乡，随后梦却随着纷飞的蝴蝶被打碎了，诗人醒来，依然是孤身在外的旅人，耳边传来杜鹃的鸣叫“不如归去”，诗人的思情便随着这一声声杜鹃声飞散了。“乱随”表现了梦的纷飞杂乱，“渐逐”则表现出诗人离乡越久、思乡越浓的心境。

诗人在尾联发出感慨：烦乱的世事阻断了回长安的道路，我何时才能回到故乡呢？“芳草王孙暮不归”，化用了刘安《招隐士》赋中的“王孙游兮不归，春草生兮萋萋”的句子，这芳草萋萋的暮春，牵动着游子的离愁，透着凄凉。

春尽

唐·韩偓（842？—923？）

惜春连日醉昏昏，醒后衣裳见酒痕。
细水浮花归别涧，断云含雨入孤村。
人闲易有芳时恨，地胜难招自古魂。
惭愧流莺相厚意，清晨犹为到西园。

|辑 评|

【清】朱三锡《东岩草堂评订唐诗鼓吹》：朱东岩曰："连日醉昏昏"，极是人生乐境，及看上加"惜春"二字，下接"醒后"二字，乃知一片皆是苦境也。"水归别涧""雨入孤村"，自是"春尽"神理，但庸手为之，必定将雨写花前；此独于"水归别涧"下，以"雨入孤村"作对，手法特妙。

【清】赵臣瑗《山满楼笺注唐诗七言律》："惜春"二字，虽为主脑，然其中实有不止于惜春者……怨而不怒，其斯为风人之遗乎？

赏读

韩偓是晚唐五代诗人，晚唐时曾任翰林学士，唐亡后流寓各地，他的诗多写艳情，称为“香奁体”。这首诗是他晚年寓居南安时所写。春尽，即是抒发春天消逝的感慨。融情入景，兴寄深微。

诗一开篇，就直写惜春之情，心中的郁闷无法排遣，便连日醉酒浇愁，醉后还要再继续喝酒，醒来后衣服上都是酒的斑斑痕迹。诗人以“醉酒”表现了极度的哀愁。颔联转入写景。涓涓的细水上，落花漂浮着流入别的山涧，一片片的阴云带着雨飘入远处的村庄。诗人特意选取了漂浮的落花、飘动的阴云，这两个意象，既生动地描摹出了暮春景色的特点，更含有一种自况的意味，就像孤苦无依、四处飘零的诗人自己。

颈联再由写景转而抒情。人在闲散的时候，更容易触发花落的惆怅，一个“闲”字，将诗人的心理刻画得精妙入微，时光消逝，诗人壮志难酬，时间竟在这样的闲散中浪费掉了。“地胜难招自古魂”，诗人身处这偏僻的南安，见不到熟悉的今人，甚至连古人的魂灵都请不来，是多么寂寞。愁思再转进一层。尾联表达对流莺的感激，流莺深情厚谊，每当清晨还特意飞到西园，可自己却无法消解愁闷，真是有愧于流莺，含蓄地表达了诗人的感伤。

这首诗融情于景，紧扣着“春尽”的情景来抒发感情，情感层层递进，深挚动人。

春宫怨

唐 · 杜荀鹤（846？—906？）

早被婵娟误，欲妆临镜慵。
承恩不在貌，教妾若为容。
风暖鸟声碎，日高花影重。
年年越溪女，相忆采芙蓉。

| 辑 评 |

【宋】胡仔《苕溪渔隐丛话》：故谚云：杜诗三百首，惟在一联中，“风暖鸟声碎，日高花影重”是也。

【明】钟惺、谭元春《唐诗归》：钟云（鸟声碎）三字开诗余思路（“风暖”句下）。

【清】周咏棠《唐贤小三昧集续集》：点破春情，鬼当夜哭（“承恩”句下）。

赏读

杜荀鹤是晚唐著名的现实主义诗人，他提倡诗歌要继承风雅传统，反对浮华，其诗作平易自然，朴实明畅，清新秀逸。

诗的前两联刻画了一个深宫中不受恩宠、不喜梳妆的女子。早年因为容貌美丽被误选入宫中，“婵娟”形容女子姿容、形态的美好，一个“误”字却流露出入宫的不愿和无奈。女子坐在镜子前，想要梳妆打扮一番，却又意态慵懒，因为承蒙君王宠爱的并不在于美丽的容貌，那教我如何还有心思去梳妆饰容呢？这旦将女子“欲妆”又罢的心理活动表现得细腻真实，也暗示着女子在宫中不被恩宠，受尽孤寂之“怨”。

颈联笔调一转，从深宫转向了大自然，“风暖鸟声碎，日高花影重”这两句是历来被推崇的名句，描绘了春天的美好宜人景色：春风和暖，阳光明媚，鸟声清脆婉转，高高的日头下，花朵的影子重重叠叠，可以想见春花的繁茂。这一联的春景似乎与女主人公并无联系，却是借女子之眼铺展开来，深宫寂寞的她忽然发现了窗外美丽的春天，更反衬出心中的寂寞孤苦。她不由得想起了入宫以前和女伴们在家乡溪水边采莲的情景，那时的她是多么自由快乐，如今女伴们也许依然自在赏春，而自己却被锁在这深宫之中。以回忆里的欢乐作结，使得此时的愁怨更加悠长。

淮上与友人别

唐·郑谷（851？—910？）

扬子江头杨柳春，杨花愁杀渡江人。
数声风笛离亭晚，君向潇湘我向秦。

| 辑 评 |

【明】谢榛《四溟诗话》：（绝句）凡起句当如爆竹，骤响易彻；结句当如撞钟，清音有余。郑谷《淮上别友》诗“君向潇湘我向秦”，此结如爆竹而无余音，予易为起句，足成一绝曰：“君向潇湘我向秦，杨花愁杀渡江人。数声长笛离亭晚，落日空江不见春。”

【清】黄叔灿《唐诗笺注》：不用雕镂，自然意厚。此盛唐风格也，酷似龙标、左丞笔墨。

【清】宋顾乐《唐人万首绝句选评》：情致微婉，格调高响。

赏读

郑谷是唐朝末期著名诗人，僖宗时进士，官都官郎中，人称郑都官。又以《鹧鸪诗》得名，人称郑鹧鸪。他的诗歌多写景咏物之作，表现士大夫的闲情逸致。风格清新通俗,但流于浅率。这首诗是诗人在扬州(即“淮上”)和友人分手时所写。友人渡江南往潇湘(今湖南一带)，自己则北向长安。

起首两句点明地点、时间，以及离别的主题。扬子江头，杨柳青青，牵动着依依惜别的情绪，杨花像漫天飞舞的雪花,让本来就不宁的愁绪更加缭乱,所以说“愁杀渡江人”。“扬子江”“杨柳春”“杨花”等同音字的有意重复，读来深沉隽永，富有音乐美。

三四句由江头的春景转向了离别的亭子，直接抒写离别之愁。离亭上，微风吹送着幽咽的笛声，也许正是别离时常奏的《折杨柳》曲子。诗人与友人在这最后的时刻互诉衷肠，依依惜别。两人就要分道扬镳了，你要去往南边的潇湘，我却要北上去秦地。

整首诗情景交融,诗人以春天的“杨柳”“杨花”“笛声”等意象反复渲染着离愁,最后在“君向潇湘我向秦”的分道扬镳中作结，令人慨叹。

雨晴

唐 · 王驾（851—？）

雨前初见花间蕊，雨后全无叶底花。
蜂蝶纷纷过墙去，却疑春色在邻家。

| 辑 评 |

【明】周敬、周珽《唐诗选脉会通评林》：周弼为实接体。何新之为奇隽体。周珽曰：贵幸之庭，车如流水；幽栖之户，可设雀罗：时势自然，何待挟刺扫门之徒纷纷他适，而后知荣华之有在也。“雨前”“雨后”分景，蜂喧蝶扰异趋，识此可以悟彼。“却疑”二字，有不自信之意，妙。

赏读

王驾是唐末诗人，他的绝句构思巧妙，自然流畅。他在进士及第后，曾官至礼部员外郎，后来弃官归隐。这首《雨晴》应该是诗人归隐后所写，是一首即景生情之作，描写的是雨过天晴的花园春景。

诗的前两句选取了春天最具代表的意象——花，将“雨前”和“雨后”花朵之态相对比。雨前，花儿还未完全开放，才刚刚长出鲜嫩的花蕊，谁知一场骤雨过后，树上只剩下绿叶了，全无花朵的影子。这表明这场雨的雨势之大，竟将含苞待放的花骨朵全都打落了。“初见”花蕊时有多惊喜，花蕾瞬间“全无”就有多感伤了，流露出诗人的惜春之情。

花园的春天还没有开始就被这场大雨终结了，不禁令人遗憾。前来采蜜的蜜蜂和蝴蝶，见到花儿全落，也纷纷飞走了，它们飞过院墙，飞到了邻家的花园之中。蜂蝶总是追随着花香而去，诗人由此产生了一个想象：邻家的花园该是万紫千红、春色满园吧。

“却疑春色在邻家”这一句宛如神来之笔，给人希望，春天并没有流逝，而是偷偷跑到了别家花园，充满了灵动的乐观情绪。

春夕

唐·崔涂（？）

水流花谢两无情，送尽东风过楚城。
胡蝶梦中家万里，子规枝上月三更。
故园书动经年绝，华发春唯满镜生。
自是不归归便得，五湖烟景有谁争。

|辑评|

【清】何焯《唐三体诗评》：旅怀即恶，不意忽生对镜惊叹，于情事最生动也。

【清】毛张建《唐体肤诠》：情生景，景生情，情中有景，景中有情，萦纡缥缈，使读者神为之移。刘、卢衣钵，此时尚在。

【清】宋宗元《网师园唐诗笺》：秀语丽词，妙能传出旅情。

| 赏读 |

崔涂是唐末浙江人，生卒年不详，约887年在世。常年漂泊他乡，漫游巴蜀、吴楚、河南，秦陇等地，所以他的诗歌多以漂泊生活为题材，情调苍凉。这首诗是他旅居湘鄂时所写，抒发了暮春时节羁旅生活的愁闷和对家乡的思念。

诗一起笔以“水流”“花谢”点明时节，本是暮春的寻常景色，诗人却冠以“无情”的形容，奠定感伤的基调。春光无情地消逝，诗人送着最后一缕春风吹过了楚城（泛指湘鄂地区）。身在异乡送春归去，不禁勾起诗人的乡思。

颔联妙用庄周梦蝶和杜鹃啼血的典故，极言思乡情切。在梦里化身蝴蝶回到了万里之遥的家乡，然而三更梦醒，却发现自己仍然孤眠异乡，岂不更加空虚落寞！窗外子规在月下凄切地鸣叫，令闻者伤心，愁上加愁。梦中还乡的短暂欢娱和杜鹃鸣叫的无尽哀怨形成对比，一虚一实，一乐一悲，渲染出凄凉、愁苦的氛围。颈联则直接诉说思乡之苦，家乡的来信动辄几年都收不到。春天是万物生长的时节，唯独诗人生出了满头白发。“唯”字突出了诗人的迟暮之悲。

尾联用了倒装，“五湖烟景”用的是范蠡归隐的典故，诗人自嘲道：我现在是抱负未展所以不愿归隐，我要是归去自然就归去了，故乡五湖的景色是没人和我争抢的。这两句抒发了诗人欲归却又不得归的矛盾心情。

春居杂兴二首 其一

宋·王禹偁（954—1001）

两株桃杏映篱斜，妆点商州副使家。
何事春风容不得？和莺吹折数枝花。

赏读

王禹偁是宋初的诗人、散文家，在诗、文两方面的创作都较为突出，他是北宋诗文革新运动的先驱，文学韩愈、柳宗元，诗崇杜甫、白居易，是“白体诗人”，即诗法白居易，有意发扬现实主义的诗歌传统，风格清新平易。宋太宗淳化二年（991），王禹偁因多次上书言事而得罪皇帝，从开封被贬官到商州，任团练副使。这首诗便是诗人于淳化三年（992）春有感而作。

前两句描写诗人住所的环境，首先映入眼帘的是两株桃树和杏树，它们傍着篱笆而生，一个“斜”字，将树枝横斜错落的情态描绘出来了。诗人作为商山团练副使，住所只有几棵花树作为装点，是何其简陋、清贫！而诗人却以“妆点”二字，表现了对两株花树的喜爱，春天来了，桃花杏花争先开放，像是特意为了点缀诗人的住所。这两句写景，景中含情，除了表现生活清贫的无奈，更流露出诗人对自然的热爱和乐观心态。

第三句诗意却陡转，“何时春风容不得”是对春风的责问，为什么春风竟然容不得这些，惊走了莺黄又吹折数枝花。诗人仅有之物就是这两株桃杏，这仅有的一点心灵慰藉还要被春风夺走，表现了诗人的怨责。同时，这两句不仅是写景，更有以桃杏自况的意味，桃杏无意争春，却被无情的春风摧残殆尽，这种境况与诗人的命运暗合，表达了诗人心中的愤懑不平。

春寒

宋·梅尧臣（1002—1060）

春昼自阴阴，云容薄更深。
蝶寒方敛翅，花冷不开心。
亚树青帘动，依山片雨临。
未尝辜景物，多病不能寻。

| 辑 评 |

【元】方回《瀛奎律髓汇评》：纪昀：三四托意深微，妙无痕迹，真诗人之笔。

赏读

梅尧臣是北宋著名现实主义诗人，他少即能诗，与苏舜钦齐名，时称“苏梅”，又与欧阳修并称“欧梅”。他的诗歌主张写实，反对西昆体，风格力求平淡、含蓄，被誉为宋诗的“开山祖师”。这首诗写于庆历六年(1046)初春，政治上，当时诗人所支持的范仲淹“庆历新政”濒临失败；生活中，妻子去世后次子又病逝，对他打击沉重，所以他借寂寥清冷的初春景色，抒发心中的苦闷凄凉。

首联直接点出气候的阴冷，初春时节，虽然是白昼，天却阴阴沉沉的，没有和煦的阳光，没有温暖的东风，云层由薄变厚，寒气逼人。颔联以最能代表春色的物象来表明“春寒”，蝴蝶冻得抖抖索索的，收敛起了翅膀，花儿因为害怕寒冷，也不开放。颈联与首联相照应，阴沉厚重的云层预示着风雨将至。果然，压挂在树枝上的酒旗被风吹得高高飘扬，这风却不是暖风，而是料峭猛烈的寒风。山间突然下起了阵雨，更增添了寒意。“片雨”抓住了春雨的特点。至此，“春寒”已经被表现得淋漓尽致。

诗人最后发出了“未尝辜景物，多病不能寻”的感慨，从来都不辜负美好的景物的，如今却因为多病的身体，不能寻觅春光了。“多病”也许只是个托词，从前文来看，从乌云密布到寒风冷雨，诗人哪里还有游兴呢?

整首诗紧扣一个“寒”字，从不同角度表现。写景真实细腻，情感含蓄不露，寄寓了诗人对政治、对人生的感慨。联系诗人当时的境遇，便知他的政治和生活都处于低潮，心境是多么凄凉、悲苦。梅尧臣的诗歌推崇“平淡美”，却能在平淡中见深沉。

丰乐亭游春三首 其三

宋·欧阳修（1007—1072）

红树青山日欲斜，长郊草色绿无涯。
游人不管春将老，来往亭前踏落花。

赏读

宋仁宗庆历六年（1046），欧阳修时任滁州（今安徽滁县）太守，在滁州郊外的山林铸造了丰乐亭，丰乐亭地处滁州西南丰山北麓，琅琊山幽谷泉上，景色甚美。第二年春天，欧阳修来到丰乐亭游春，便写下了这组组诗作品，这里选其三。

前两句以广阔的视野来描绘春景。青碧的山林里，到处都是开满红花的树木，此时落日西斜，夕阳的余晖下，青山红树映衬得格外美丽。广阔的郊野上，绿草萋萋，草色无边无际。从山林到郊野，甚至远至天涯，到处都是一片生机勃发的春意。诗人着力于“红”“青”“草色”“绿”这些色彩鲜丽的词语，给读者强烈的视觉冲击，好一幅缤纷、秾丽的春景图。

后两句点明“游春”的主题，“游人不管春将老”这句有的版本将“老”作“尽”，虽然意义相近，但很明显“老”字意蕴更丰富，将诗人对春天的眷恋之情表现得幽深缠绵。时值暮春，游人却不管春天快要结束了，依然前来丰乐亭赏春，为这美好的春色驻足流连，诗人便是这游春队伍中的一员。落花纷飞，铺满了山间的小径，令人无处下脚，人来人往的脚步便都踏在了落花上。诗人没有明说，却流露出淡淡的惜春之情。

淮中晚泊犊头

宋·苏舜钦（1008—1048）

春阴垂野草青青，时有幽花一树明。
晚泊孤舟古祠下，满川风雨看潮生。

| 辑 评 |

【宋】刘克庄《后村诗话》：极似韦苏州。

【清】陈衍《宋诗精华录》：视“春潮带雨晚来急”，气势过之。

赏读

苏舜钦是北宋初期诗人，他的诗歌与梅尧臣齐名，风格豪健。文多论政之作，辞气慷慨激切。宋仁宗庆历四年（1044）秋冬之际，他因为支持范仲淹改革，遭反对派诬陷，被削职为民，逐出京都，退居苏州沧浪亭。诗人由水路南行，这首诗便是他在旅途中泊舟淮上的犊头镇时的所见所感。

首句点明时间和环境特点，诗题虽然是“晚泊”，却是从白日行舟写起。春天的阴云垂落在旷野，田野里到处是青青绿草，多么幽静的环境。诗人突然眼前一亮，看到了一株茂盛的花树，在整个阴沉、暗绿的背景下，花儿显得分外明丽耀眼，散发着幽幽的清香。

后两句点题，写孤舟晚泊的情景。天越来越阴沉阴沉，到了傍晚时分，眼看乌云密布，风雨将至，不方便继续行舟了，诗人决定上岸躲避风雨，小船便就近停泊下来。到了夜晚，诗人已经身在古祠堂之中，春雨果然淅淅沥沥地下个不停，远远望去，那只停靠在古祠下的小船孤零零地泊在水面，河面上烟雨迷蒙，潮水涌动。诗人虽然身处风雨之外，心境却如同潮水无法平静。

整首诗一句一景，在黯然阴沉的背景下，有一抹幽花的亮色；在孤舟静泊的风景之外，又生发出雨落潮生的动态。如此明暗对比、动静皆宜，既创造了幽远脱俗的意境，也反映了诗人起起伏伏的心境。诗人始终身处景物之外，虽然也有风雨大作的愤懑不平，但总体上却显示了诗人从容、镇定的心态。

泊船瓜洲

宋·王安石（1021—1086）

京口瓜洲一水间，钟山只隔数重山。
春风又绿江南岸，明月何时照我还。

辑评

【宋】吕本中《童蒙诗训》：文字频改，工夫自出。

【宋】许顗《彦周诗话》：超然迈伦，能追逐李杜陶谢。

赏读

宋景佑四年（1037），王安石随父王益定居江宁（今江苏南京），王安石是在那里长大的，对钟山有着深厚的感情。这首诗写于熙宁八年（1075）二月，正是王安石第二次拜相进京之时。《泊船瓜洲》的写作时间长期以来也有争议，但基本都认为是写于王安石晚期，某次途经瓜洲之时。

“京口瓜洲一水间”，是诗人站在瓜洲渡口远望的情景，诗人看到南边岸上的“京口”与“瓜洲”之间只隔着一条长江，好像小船即刻就能到达。“钟山只隔万重山”是对钟山的深情回望。诗人自宋景佑四年（1037）随父王益定居江宁，不仅在那里成长，而且第一次罢相后即寓居江宁钟山。“只隔”两字将数重山之隔的钟山写得仿佛近在咫尺，表现了诗人对钟山的深厚感情。

“春风又绿江南岸”，描绘了江岸美丽的春色，一个“绿”字，极其富于表现力。春风本是看不见、摸不着的，但是春风吹过的大地，万物萌发生长，江南两岸一片生机勃发的绿意，这里将“绿”字作为动词，更有一种流动、生长的动态美感。“明月何时照我还”，暗示着时间已经是夜晚，月上柳梢，即将皓月当空，诗人生发了对钟山的思念。明月啊，你什么时候才能照着我回到钟山下的家里？

半山春晚即事

宋·王安石（1021—1086）

春风取花去，酬我以清阴。
翳翳陂路静，交交园屋深。
床敷每小息，杖屦或幽寻。
惟有北山鸟，经过遗好音。

| 辑 评 |

【元】方回《瀛奎律髓》：二半山诗工密圆妥，不事奇险，惟此“春风取花去”之联乃出奇也，余皆淡静有味。

高步瀛《唐宋诗举要》：寓感愤于冲夷之中，令人不觉。

赏读

王安石在力行新法失败后，罢相退居江宁（今江苏南京），并在元丰二年（1079）营建园宅，因为园子“白下门外，去城七里，去蒋山亦七里”，正在一半路程中，所以称“半山园”，并自号“半山居士”。这首诗便写于半山园建成不久，写的是所见春景。

首联两句构思巧妙，诗人赋予春风以灵性。春回大地、百花盛开都是由春风亲自送来，如今时令一到，春风又要取走百花了，暗寓着季节物候的变化。春风又何其慷慨，“酬我以清阴”，即使芳菲落尽，还有清凉的绿阴。这两句虽写春风，却体现了诗人的乐观心境，即使在凋敝的暮春时节，也能发现自然给予的赏赐。

紧接着颔联具体描写“清阴”之景。“翳翳”指树阴浓暗的样子，“交交”指树枝交接覆盖的样子。沿着山林小径去往半山园，一路树荫幽暗，十分静谧，走到了山林深处，便能看到那掩映在繁枝茂叶下的园子，藏得多么幽深隐秘！如此幽静美丽的居处，诗人该是过着何其自在的生活，颈联便选取了两个小片段来表现：诗人时而安置床铺稍事休息，时而扶着手杖去漫步寻幽，时静时动，总归是随心所愿，安然闲适的。

结尾两句意蕴悠长。北山，即钟山，南朝宋周颙与孔稚圭曾隐居于此。诗人幽居在此，少有人烟，一个“惟”字隐隐有种淡淡的孤寂，偶然有一两声鸟儿的鸣叫，便能响彻山林，给诗人一丝慰藉。

送春

宋·王令（1032—1059）

三月残花落更开，小檐日日燕飞来。
子规夜半犹啼血，不信东风唤不回。

赏读

王令是一位颇有才华的北宋诗人，因为受到王安石的赏识和称誉，他的诗歌逐渐为人所知，尤其是在江淮一带小有名气。王安石还将其妻之堂妹许配给他，然而次年他便病逝，年仅二十八岁。王安石《思逢原》诗中有一句“妙质不为平世得，微言唯有故人知”便是对他的才高命短、不为世用表示惋惜。这首《送春》，一作《春怨》，描写了暮春的景象，表达了诗人的惜春之情。

“三月残花落更开，小檐日日燕飞来。”阳春三月，已经是暮春时节了，花朵已经凋谢得稀稀疏疏，但还有残花落了又开，屋檐底下，日日都有燕子飞来，不肯离去。这两句暗示了春天的流逝，却没有暮春衰败之感，燕子依然忙碌着，连凋零的花儿都能再开，流露出诗人对春天的喜爱。

第三句“子规夜半犹啼血”情感骤然一转。子规，即杜鹃鸟，春夏季节彻夜不停啼鸣，啼声清脆而短促，常常唤起人们的多种情思。因为杜鹃口腔上皮和舌部都为红色，古人误以为它啼得满嘴流血。杜鹃鸟在半夜三更依然在啼叫，直到啼出血来，是何等凄厉，它不信这样不能将春天唤回。表面上是写杜鹃竭力留住春天，其实是诗人将对于春天的不舍，寄托在了杜鹃鸟身上，表达了诗人对美好事物的追求。这首诗抓住了暮春时节常见的意象“残花”“飞燕”“杜鹃”，却全无暮春衰败之感。

春日偶成

宋·程颢（1032—1085）

云淡风轻近午天，傍花随柳过前川。
时人不识余心乐，将谓偷闲学少年。

赏读

这首诗是诗人在春日郊游时，即景生情所写。

前两句描写游春的景致和惬意的心情：在这云淡风轻、阳光明媚的春日里，诗人信步漫游，时间已经快到中午了。一路上繁花似锦，柳丝飘舞，诗人来到了前面的河边。这两句看似平淡，却以白描的手法，寥寥几笔勾勒出春日里明媚美好的风景，“近午天”暗含着诗人陶醉于风景，不知不觉忘记了时间，“傍”“随”“过”等动词随意又巧妙地勾画出诗人游赏的路线，表现了诗人沉醉于春日风光、惬意悠闲的心境。

三四句诗意一转，写当时的人不理解自己的快乐，还以为我像少年一样偷闲贪玩呢。程颢是宋代著名的理学家，在人们心中是一位正襟危坐、不苟言笑的严肃形象，所以不理解这样爱好游乐的诗人。而正因为诗人长期被困在理性的世界，难得有闲情逸致，所以一旦走出书斋，回归自然的大好风光，便觉得快乐无边、怡然自得，表现了诗人偶尔显露的真性情。

这首诗描写的景物和心情都是轻松愉悦的，语言平易浅近，却蕴含深意。虽然诗中流露出理学家被压抑的性情，却也表现了理学家心气平和、自然闲适的状态。

惠崇春江晚景二首 其一

宋·苏轼（1037—1101）

竹外桃花三两枝，春江水暖鸭先知。
蒌蒿满地芦芽短，正是河豚欲上时。

|辑 评|

【清】纪昀《纪昀评苏文忠公诗集》卷二十六："此是名篇，兴象实为深妙！"

【清】王士禛《渔阳诗话》：坡诗"蒌蒿满地芦芽短，正是河豚欲上时"，非但风韵之妙，盖河豚食蒿芦则肥，亦如梅圣俞之"春洲生荻芽，春岸飞杨花"，无一字泛设也。

赏读

宋神宗元丰八年（1085），苏轼在汴京任起居舍人。惠崇是当时的名僧，能诗善画，《春江晚景》共两幅，一幅是鸭戏图，一幅是飞雁图。苏轼看到后惊为天人，为这两幅画题下两首诗，这里选其一。

"竹外桃花三两枝"，首句从江边的一角着笔，描写掩映于翠竹之间几枝盛开的桃花，有种错落的层次美感。竹叶是稀疏的，故能露出远处的桃花，花朵也只三三两两，表明此时是初春季节。次句视线转到江面，诗人没有直接描写群鸭戏水的动作神态，想必擅画禽鸟的惠崇已经描摹得非常传神了，这里选取了"水暖鸭先知"这个画作无法表现的角度，传达出春水刚刚回温、只有鸭子最先出来凫水的有趣景象，富含生活哲理。

接下来"蒌蒿满地芦芽短"视线再次转到江岸，江滩上长满了蒌蒿，芦笋也开始冒出短芽了。葱葱郁郁的蒿蒿和芦笋表现了春天蓬勃的生机，而诗人作为一个热爱生活的美食家联想到的是用它们烹煮河豚最为合适，所以才有了最后一句，现在正是河豚从大海回归、逆江而上产卵的季节。"河豚欲上"是诗人的联想，洋溢着生活气息。

诗与画是两种截然不同的艺术，画可以直观表现，诗歌则更为蕴藉婉转。诗人运用他细致的观察、敏锐的感受，再现了原画的江南春景，同时运用丰富的想象，拓展了画框之外的意趣。

春日

宋·秦观（1049—1100）

一夕轻雷落万丝，霁光浮瓦碧参差。
有情芍药含春泪，无力蔷薇卧晓枝。

辑评

【宋】魏庆之《诗人玉屑·引》：秦少游（诗）如时女步春，终伤婉弱。

【金】元好问《论诗三十首》：有情芍药含春泪，无力蔷薇卧晚（应作“晓”）枝。拈出退之《山石》句，始知渠是女郎诗。

赏读

秦观，字少游，为苏门四学士之一，是北宋时候著名的婉约词派大家。他的词多写男女情爱和身世感伤，诗也写得很不错，从内容和风格来说，“诗如小词”。这首诗描写的是春雨过后，庭院一角的景致。

昨夜，隐隐的雷声带来了一夜的绵绵细雨，“轻”“万丝”以极简单的笔触写出了春雷声音小、春雨细密轻柔的特点。春雨洗刷过的琉璃绿瓦，在晨光中晶莹剔透，闪烁着明暗不一的光亮，好一幅初晴春日图。

诗的后两句将视线从屋顶转移到了庭院的一个角落，春雨过后，带着雨滴的芍药就像是多情的少女含着泪，横卧着的蔷薇像是娇弱无力的美人。这两句对仗工整，“含春泪”“卧晓枝”用拟人手法，写出了芍药的亭亭玉立、蔷薇的横斜枝蔓，两者各具情态，却都有着明艳妩媚、楚楚动人的姿态，表现了诗人对百花的爱怜。

这首诗的景物清新婉丽，雨丝、碧瓦、芍药、蔷薇都描写得细致入微，情意绵绵。在意境上以“春愁”统摄全篇，虽不露一“愁”字，但可从芍药、蔷薇的情态中领悟，又曲折隐晦地反映了诗人由于对宦途命运艰险的恐惧而形成的多愁善感的心理。

春游湖

宋·徐俯（1075—1141）

双飞燕子几时回？夹岸桃花蘸水开。
春雨断桥人不度，小舟撑出柳阴来。

赏读

徐俯是宋代江西诗派的著名诗人，早期诗作受黄庭坚的影响，追求奇险硬涩，“无一字无来历”，晚年诗风趋向平易自然、清新淡雅。这首诗便是徐俯晚期诗歌的代表作之一，写春日游湖的乐趣。

燕子是春天的使者。诗人偶然看到春燕南归，又惊讶又欣喜，便知春天已经到来，不禁问道：“成双成对的燕子啊，你们是何时飞回来的？”诗人来到湖边，放眼望去，处处传达着春天的气息。春雨过后，湖水初涨，湖边桃树的枝条垂落到水面上，桃花好像是蘸着水开放。这里“蘸”字用得十分巧妙，运用拟人的手法，既写出了因为春水初涨导致桃花贴着水面而开的情态，也将雨湿桃花、桃花带雨的景象写得清新动人。

诗人沿湖一路饱览美好的春景，来到平日有座小桥的地方，此时被雨后的湖水淹没了，正当诗人陷入无法过桥、春游受阻的境地之时，正巧有一条小船从那柳荫深处撑了过来，这样就可以继续乘船游赏了。诗的后两句独辟蹊径，写游湖过程中断桥的波折，随即又有小舟摆渡，给人以柳暗花明、豁然开朗的感受。

这首春游的小诗以清新自然的笔触描写了江南春日的湖光美景，后两句更是富含理趣，告诉人们，困境中也会蕴含着希望，经历困境后的风光更加迷人。

春日

宋・汪藻（1079—1154）

一春略无十日晴，处处浮云将雨行。
野田春水碧于镜，人影渡傍鸥不惊。
桃花嫣然出篱笑，似开未开最有情。
茅茨烟暝客衣湿，破梦午鸡啼一声。

|辑 评|

【宋】张世南《游宦纪闻》：此诗一出，为诗社诸公所称。

【清】纪昀《武英殿丛书・浮溪集》：汪诗深醇雅健。

【清】吕留良《宋诗钞・浮溪集》序：汪诗高华有骨，兴寄深远。

赏读

汪藻是北宋末、南宋初文学家，他早年曾向徐俯学诗，中年以后又拜韩驹为师，然而，他的诗歌却不沾江西诗派习气而近似苏轼。这首《春日》写的是诗人春日出游的所见所感，大概写于崇宁年间（1102—1106），作者任职宣州之时。

首联点出春日多雨的特点，是诗人主观的整体感受。整个春日里，大概都没有连续十天清明无雨的日子，天空中，到处都是云彩携带着雨水飘浮而行。因为平日雨多，不能出游赏春，今日晴朗的好天气便显得格外难得了，诗人欲扬先抑，开篇新颖。

接下来的两联便是具体描写春日景色，诗人的视线四处移转，野田里、渡口边、篱笆外，到处都是一片春意盎然的景象：野外田里的一潭碧绿的春水，简直要比镜子更碧绿光亮。古渡口旁边，人经过时水中人影移动，鸥鹭却不受惊吓。篱笆外的桃花探出头来，将开未开，似乎在对我嫣然一笑，看上去如此含情。

尾联营造了一个凄迷静谧的诗境，茅茨人家烟雾缭绕，像是要打湿行客的衣裳，意境幽美。午后一声鸡鸣，将人从闲梦中唤引回了现实，更觉宁静安谧。诗人的心情是无比闲适安宁的。

春寒

宋・陈与义（1090—1138）

二月巴陵日日风，春寒未了怯园公。
海棠不惜胭脂色，独立蒙蒙细雨中。

赏 读

陈与义是南北宋之交的著名诗人，师尊杜甫，也推崇苏轼、黄庭坚和陈师道，号为“诗俊”，他有不少寓忧国忧民于写景咏物之中的诗。这些诗往往语言隽永秀丽，形象鲜明，多为体物写志，爱国怀乡之作，《春寒》便是一首借歌咏海棠抒发心志的作品。宋钦宗靖康二年（1127），金兵攻入汴京，北宋灭亡，宋高宗南逃建立南宋。陈与义自陈留南迁避难，经湖北、湖南、广东、福建。这首诗大约写于宋高宗建炎三年（1129）诗人在湖南岳阳避难之时。诗中的“巴陵”即在湖南岳阳。

巴陵的二月，刚刚进入春天，依然天天刮着料峭的寒风。这寒意未消的阴雨天气，真让我感到畏惧。“园公”即指借住在小园的诗人自己。诗人先用“日日风”三字渲染，然后直陈“春寒未了”，融情于景，表现了诗人颠沛流离的凄寒处境。

后两句一转，写海棠花在寒风中开放，不惜自己胭脂般的颜色被雨水冲淡，独自屹立在这蒙蒙细雨之中，多么艳丽而又高洁。海棠，在诗人们的笔下，常被写得柔弱娇嫩，但这里诗人一反通常，着力表现海棠那如胭脂一般艳红美丽的色彩，在日日寒风苦雨的侵袭下，依然屹立不倒，毫不怜惜自己的美貌。这里将海棠人格化，寄寓了诗人孤傲、坚强不屈的品格。

临安春雨初霁

宋·陆游（1125—1210）

世味年来薄似纱，谁令骑马客京华。
小楼一夜听春雨，深巷明朝卖杏花。
矮纸斜行闲作草，晴窗细乳戏分茶。
素衣莫起风尘叹，犹及清明可到家。

|辑 评|

【清】舒位《书剑南诗集序》：小楼深巷卖花声，七字春愁隔夜生。

赏读

淳熙十三年（1186），陆游在山阴闲居五年之后，才被启用为严州知州，赴任之前，陆游前往都城临安（今浙江杭州）觐见宋孝宗，这首诗就是他在临安等候召见时所写。

开篇直言人世滋味淡薄如纱，并反问道：是谁又让我骑着马儿来客居京城呢？诗人当时已经六十二岁，多年担任一些低级小官或者索性闲居，壮志难酬，加上如今已年过六旬，不免有世态炎凉的慨叹。皇帝召见进京，却依然反问是谁令他来到京都，表明诗人已看破官途的浮沉，心中并未有多少喜悦。

颔联的两句写临安的春景。诗人只身住在小客楼里，听了一夜淅淅沥沥的春雨，第二天清晨，小巷深处传来阵阵叫卖杏花的声音。这两句从听觉的角度着手，春意油然而生，读者眼前似乎已经浮现了烟雨的江南和明艳的杏花，是传诵千古的名句。绵绵的春雨如同绵延的愁绪，“一夜”二字暗含诗人整晚无心睡眠，美好的春景更衬出人的孤独与惆怅。

小楼外春色正好，诗人却在客栈里百无聊赖，一会儿铺好纸张，斜笔写写草书，一会儿在初晴的窗前，细细沏茶撇沫，分辨茶的等级，以此打发时间。看似闲适自在，其实包含了诗人的无奈和惆怅。临安春色再美，也无心去游赏，呼应了首句，世味多么淡薄无趣，报国理想更无须再提，只好在这闲情游戏里打发时光罢了。

尾联中的“素衣”不仅指白衣，更象征着高洁的品质，含蓄地表达自己不愿沾染京都中的恶浊，并自我安慰着清明节前就能回到家乡了。

这首诗和一般写春愁的诗歌不同，不是由景及情地娓娓道来，而是开篇便直抒胸臆，抒发对世态炎凉的无奈感慨，中间两联用清新淡雅的笔触描写临安的美好春景和闲散时光，尾联情感再次喷薄，表达对世事的否定和内心不变的情志。春景的描写虽不是诗的中心，却是整首诗最出彩之处。

春日

宋·朱熹（1130—1200）

胜日寻芳泗水滨，无边光景一时新。
等闲识得东风面，万紫千红总是春。

赏读

从字面意义上来讲，这是一首游春诗。首句即点明天气、地点和游春主题，在一个风和日丽的春日里，诗人来到泗水边寻觅美好的春景，下面三句将“寻芳”的主题具体展开。“无边光景一时新”是对春景宏观的感受，目光所及的一切事物全都焕然一新，呈现出一派欣欣向荣的景象。

三四句将“寻芳”具体化，也是“寻芳”所得。“东风面”采用借代的手法，指春天的面貌。这两句是说，这泗水边春意无限，随便着眼于哪一处景物，都能轻而易举识得春天的面貌，百花齐放、万紫千红的景象，都是春天的美好景致。

仅从字面来看，这首诗写的是游春的所见所得。而深究会发现，泗水在山东境内，南宋时早已沦陷于金国，并未北上的朱熹又怎能去游春呢？所以对于这首诗，历来还有另一种解释，泗水滨是孔子讲学论道的地方，这里的“寻芳”便暗指寻求圣人之道。按照这种思路，“东风”“万紫千红”都是比喻，朱熹作为一位以孔为尊的理学家，在学孔求道的“寻芳”之路，每每有了新的感悟，如沐春风，领略到孔学的多姿多彩（万紫千红）。这样也可以理解为一首寓理于情的哲理诗。

总的来说，这首诗意境开阔，语言生动，将其当做游春诗或者哲理诗都未尝不可。“万紫千红总是春”这一名句更是广为传诵。

立春偶成

宋·张栻（1133—1180）

律回岁晚冰霜少，春到人间草木知。
便觉眼前生意满，东风吹水绿参差。

赏读

张栻是南宋初期的著名学者。这首诗是立春时节诗人看到一派春意，偶有所感而写。

律回，即春回大地的意思，立春往往在农历十二月（属吕）和一月（属律）相交之时，所以说“律回”。岁晚，意思是立春出现在农历上一年年末。“律回岁晚冰霜少”这句点明今年立春的特殊之处，年终的时候就已春回大地，冰霜消融了。“春到人间草木知”用拟人的手法，写草木能感知到春天的到来，暗示草木已经开始发芽了。草木代表着所有受到季节变化影响的事物，其实自然万物都知道春到人间的消息，都开始复苏了。

冰雪消融、草木吐芽，万物复苏，诗人顿时觉得眼前一派春意，到处都是一片生机盎然的景象。“便觉眼前生意满”虽然没有具体的景象，但给读者无限美好的遐想，仿佛万紫千红、生机勃勃的春天就在眼前。最后一句以具体的物象来表现“生意”：春风徐徐，吹得水面绿波荡漾。诗的最后以景作结，将视线引到水天相接之处，意境悠远，余味无穷。

整首诗紧扣“立春”这个节气，从不同角度描绘了春回大地的景象，表达了诗人对春天美景的盼望。

春暮

宋·曹豳（1170—1249）

门外无人问落花，绿阴冉冉遍天涯。
林莺啼到无声处，青草池塘独听蛙。

赏读

曹豳是南宋后期一位著名的爱国诗人，他为官清廉爱民，正直敢言。曹豳才华出众，诗词风格朴实粗犷。

到了暮春的时候，花朵早已纷纷飘落，门外路过的人谁还会问落花的消息呢。人们总是询问花开的消息，只有诗人关注着花朵的凋谢，无人问津的落花固然令人伤感。而放眼望去，绿树的浓荫慢慢地遍布大地。“冉冉”表现了绿意不断蔓延的渐进的动态，“遍”字则突出绿色延伸范围之广，从山野到平原，甚至到了天涯海角，绿树葱茏，芳草萋萋，无处不是一片绿色的海洋。春去夏至，树林中的黄莺停止了啼叫，只有青草池塘里不断传出声声蛙鸣。“莺啼”和“蛙鸣”的交替，别有生趣，表现了季节的变换。诗人笔下的暮春并不寂寞，诗人从色彩和声音两个方面，表现了季节变换下的景物交替。

或许落花带来了几分伤感，但是诗人依然乐观。因为繁花落尽，代替的将是浓密的绿荫，黄莺不再啼鸣，也有满池此起彼伏的蛙声。转眼间，热闹的夏天就要登场了，又会有别样的风景，何必纠结于这必然逝去的春天呢？整首诗清新自然，脍炙人口。

春暮游小园

宋·王淇（？）

一丛梅粉褪残妆，涂抹新红上海棠。
开到荼蘼花事了，丝丝天棘出莓墙。

赏读

王淇，字菉猗，取自《诗经》："瞻彼淇奥，菉竹猗猗。"王淇流传于世的只有《千家诗》中收录的两首诗，均为佳作。关于其生平事迹也只有只字片语——"与谢枋得（1226—1289）有交"，谢枋得集中还存有《代王菉猗女荐父青词》这样一篇文章，看来谢枋得和他是有交情的，而且王淇的年龄似乎要大于谢枋得。

"一丛梅粉褪残妆，涂抹新红上海棠"，用了拟人的手法，春天仿佛是一个绝代佳人，梅花是她的初妆，洗去梅花妆后（初春过后），玉面上又晕染了海棠的娇红。春天的百花之中，荼蘼花开得最晚。在春末初夏时开放，此时百花都已凋谢，所以称"花事了"。这时只有一丝丝的天棘，越出布满青苔的墙头，天棘将在荼蘼花凋谢以后蔓延生长。

这首诗为七言绝句，用花开花落，表示时序的推移，虽然不断有花朵凋谢，但同时也有新的花朵盛开，不断有新的事物出现，大自然是不会寂寞的。整首诗写得很有情趣，又富含哲理，旧事物的消亡必然暗藏着新事物的诞生，所以不必担心，就像自然不断有新的花儿开放一样，一路都会出现不同的风景。

游园不值

宋·叶绍翁（1194—？）

应怜屐齿印苍苔，小扣柴扉久不开。
春色满园关不住，一枝红杏出墙来。

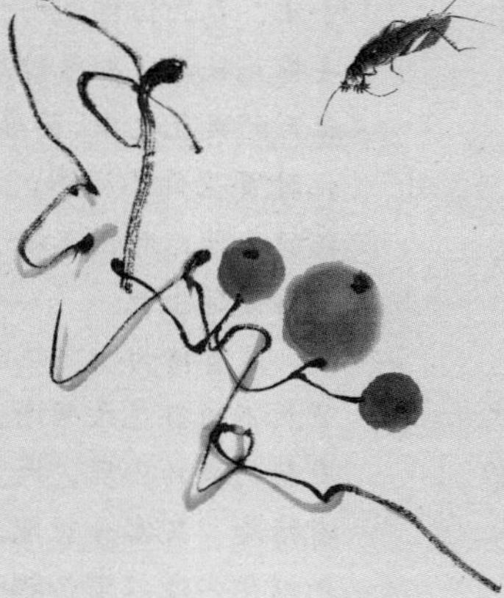

赏 读

历来关于春日游园的诗歌有很多，而这首诗却别具一格，写的是一次没有进入园子的春游。江南的春天，阳光明媚，正是游园赏花的好时节，诗人轻轻地敲着园门，门扉始终紧闭，无人前来开门。诗人写得风趣，大概是主人怜惜园里的青苔，担心我的木屐将它们踩坏。再这样无人应门，怕是要扫兴而归了。这时诗人一抬头，看到了一枝红杏探出到院墙外面。“满园春色关不住，一枝红杏出墙来。”诗人透过一枝红杏，想象到院内的满园春色。这两句诗构想奇特，未直接写春色，却着笔于“一枝红杏”这样单个具体的景象，令人想象出墙内的百花，透露出“春色满园”的热闹，正如程千帆先生的品评：“从冷寂中写出繁华，这就使人感到一种意外的喜悦。”

虽然园门阻挡了游人的脚步，但是关不住春意的热闹，更无法阻断诗人对美的发现。这首诗立意新奇，以小见大，体现了诗人的生活情趣和对春天的喜爱之情。

苏堤清明即事

宋·吴惟信（？ ）

梨花风起正清明，游子寻春半出城。
日暮笙歌收拾去，万株杨柳属流莺。

|辑 评|

【清】况周颐《蕙风词话》卷二：须溪词风格道上似稼轩，情辞跌宕似遗山。有时意笔俱化，纯任天倪，竟能略似坡公。

赏读

吴惟信，字仲孚，霅川（今浙江吴兴）人，南宋后期诗人。他的作品多以通过对景物的细致描述来抒情。

前两句写西湖的春景和游春的热闹场面。满树梨花开放的时节，春风和煦，正是清明郊游的好时候，游人们便纷纷赶在春光明媚的好日子出城踏青，“半出城”表现了出城游春的热闹，全城恐怕有过半的人都涌出来了。美丽的西子湖畔，游人如织。

“日暮笙歌收拾去”表明时间到了傍晚，人们不仅“半出城”，而且痛快玩了一整天，日暮才归家。足见西湖的美景多么令人流连忘返。西湖畔，踏青游湖的人们已散，笙歌已歇，但西湖春色依旧。游人散去的时候，黄莺纷纷飞出来了，它们在树林间欢快地歌唱，重新成了柳林的主人。这首诗的妙处正在于最后一句“万株杨柳属流莺”，白日里游春的热闹不足稀奇，难得的是日暮人散之后的风景。那些爱赶热闹的人便不知道欣赏这样的幽美景色，只有满树的流莺，为它们重成了绿林的主人，感到欣喜若狂。白日里黄莺匿迹，是因为人潮涌动，过于喧闹；而当它们再次出现，万树流莺，鸣声婉转，正说明日暮时的静谧宜人。

这首诗清新欢快，将佳节清明的西湖，描绘得如人间天堂，美不胜收，诗人游春的乐趣也溢于言表。

春暮西园

明·高启（1336—1374）

绿池芳草满晴波，春色都从雨里过。
知是人家花落尽，菜畦今日蝶来多。

赏读

高启是元末明初的著名诗人，“明初诗文三大家”之一。这首诗描绘了暮春的田园风光。

首句描写春雨过后池塘的景象，绿水盈盈、芳草茂盛，“晴波”即阳光，“满”字形象地表现了万道阳光铺洒池塘、波光粼粼的画面，也点出暮春阳光的灿烂夺目。“春色都从雨里过”是一句虚笔，春天美丽的光景都是从连绵的春雨里流失了，暗示着随着多雨的时节过后，春天也快消尽了，流露出诗人的惋惜和无奈，更显出此刻满目晴波的难得。

“知是人家花落尽”，“知”字用拟人的手法，是诗人的推测，蝴蝶大概知道此时花园里已经百花凋零，所以今天纷纷飞来我这西园的菜地里。这两句别有生趣，诗人没有因为繁花落尽而感伤，而是着笔于油绿的菜畦和格外多的彩蝶，写出了暮春西园的生机盎然。

这首诗句句写景，一、四句是实景，二、三句是虚写，虚实相生，动静皆备。语言自然不事雕琢，将暮春田园的风光写得不落俗套，别有一番趣味，表现了诗人对田园生活的喜爱。

春雁

明·王恭（1343—？）

春风一夜到衡阳，楚水燕山万里长。
莫道春来便归去，江南虽好是他乡。

赏读

明成祖永乐四年（1406），诗人王恭被荐举为翰林待诏，参与修《永乐大典》，书成之后，被授为翰林典籍。但是诗人厌倦仕途，于是辞官返回家乡，这首诗便写在回归家乡的途中。

“春风一夜到衡阳”，首句即点明时间和地点。春风仿佛一夜之间就能到衡阳，乍一看来，似乎有悖于常理，但洋溢着人们对暖风乍至、大地春回的轻松喜悦之情。“楚水燕山万里长”，“楚水燕山”两个地名放在一起，对比鲜明表现了征程的“万里长”，大雁准备立刻从楚水之畔飞回燕山之旁。

春色宜人，大雁却并没有片刻舒缓喘息，而是急切地准备离开。你问它们为什么。大雁便做出这样的回答“莫道春来便归去，江南虽好是他乡。”诗人托物咏怀，借春雁的口吻表达强烈的思乡情感。王恭是福建闽侯县人，江南本来就是他的故乡，他却说“江南虽好是他乡”，由此看来，诗中的“楚水”“江南”并非确指某个地域或方位，只不过是一种借代性的词语。有人认为，这首诗“楚水”“江南”指的是享受荣华富贵的朝堂，因而本诗的主题不是表现对故乡执着的爱，而是表现了诗人想辞官归隐、遁迹林泉的意趣。

历来以春雁来表达归思的诗歌很多，却常常带有对大雁春天可以北归的艳羡，因而流露出伤春的色彩。这首诗的情感基调却不同，诗人托物咏怀，借春雁的口吻，寄托着对家乡的思念，却无悲伤的气息。

春寒

清·厉鹗（1692—1752）

漫脱春衣浣酒红，江南二月最多风。
梨花雪后酴醿雪，人在重帘浅梦中。

赏读

厉鹗，字太鸿，又字雄飞，号樊榭、南湖花隐等，钱塘（今浙江杭州）人，清代著名诗人、学者，浙西词派中坚人物。康熙五十九年（1720）举人，乾隆初举鸿博。性耽闲静，爱山水，尤工诗余，擅南宋诸家之胜。著有《宋诗纪事》《樊榭山房集》等。

这首诗描写的是春寒料峭的情景。仲春二月的时节，江南多风，寒意犹存，因此人们通常要借酒御寒。“漫脱春衣浣酒红”写的便是脱掉春衣、浣洗酒痕的生活场景，富含生活气息。“漫”字写出了诗人闲适恬淡的心境。

“梨花雪后酴醾雪”这句用笔非常巧妙。看看室外的春景，只见得梨花、酴醾相继开放，白色的花朵仿佛白雪一般，两重“雪”，先是实的“雪”，后是虚的“雪”，又给人带来了一种清冷的感觉。人们身处厚厚的帘幕之中，无聊地盖着被子，却又睡不安稳，只能浅浅入眠。由此更见出春寒的恼人。

整首诗从自然界和生活的各个侧面，反复刻画淡淡的春寒，用笔曲折细腻，读来十分富有韵味。

新雷

清·张维屏（1780—1859）

造物无言却有情，每于寒尽觉春生。
千红万紫安排著，只待新雷第一声。

| 赏读 |

这首绝句写于道光四年（1824）初春，正是鸦片战争前的十余年。当时清政权腐败黑暗，已至绝境，而西方的鸦片贸易，又在不断增加。明智的士大夫，目睹这内外交困的局势，既满怀焦急不安，又渴望新局面的到来。《新雷》正是寄寓诗人这种复杂情绪的产物。张维屏当时在松滋任上。

“造物无言却有情”，造物，即指自然界，当然并不具有人类的情感和思维的。而在诗人笔下，自然界不但能思维,而且在不言不语之中,饱含着对人类的感情。“每于寒尽觉春生”具体写造物有情的表现，即每当寒冬将尽便促使春意萌生。冬去春来，春风给寒冷中的人们带来温暖。不仅如此，“千红万紫安排著”，造物主还刻意安排了万紫千红的百花，来愉悦人类、安慰人类。“只待新雷第一声”，这一切，只等一声春雷炸响之后，就出现了。“只待”二字表明，万紫千红的春天只是诗人的想象，但那也是必然的结果。

处在历史大转变前夕的诗人，已经朦胧地意识到了除旧迎新的时代要求。诗中通过对大自然的赞颂和对美好春天与充满生命力的新雷的呼唤，表达了诗人对春天即将到来的喜悦之情，抒发了诗人期盼新社会和新生活的迫切愿望。这首诗借物抒怀，情感真挚，清新隽永，富有哲理意味。

暮春

清·翁格（？ ）

莫怨春归早，花余几点红。
留将根蒂在，岁岁有东风。

｜辑 评｜

【清】沈德潜《清诗别裁》：安分俟时，意言俱妙。

| 赏读 |

翁格，清代诗人。字去非，吴县（今江苏苏州）人，诸生。他的家族在明季隆、万年间因经营棉花、布匹及染料而富至百万，但到了他父亲翁澍手中，就家道中落了，产业全部变卖。翁格与其弟翁栻皆以能诗喜藏书知名，《清诗别裁》曾选录他的诗。

这是首五言绝句。首句“莫怨春归早”先发出劝诫，不要埋怨春天归去得太早，一扫寻常诗人常见的对于暮春的伤感基调。次句“花余几点红”又转而描写暮春花朵凋零的情景，花落纷纷，如今枝头上只剩下几点红了，不禁令人叹惋。接下来“留将根蒂在”再次一转，花朵落了不要紧，只要留得了根蒂在。末句“岁岁有东风”表明希望，只要花的根蒂不似，来年就会又有春风吹拂，到时，花儿会重新开放的。

花开花落本来是自然现象，诗人却从中悟出了哲理，人生的境遇也同样如此。人生难免会遇到各种挫折，一路风风雨雨，但用不着为一时的挫折，暂时的逆境而垂头丧气，怨天尤人，不要埋怨大好时光匆匆流逝，只要自己积攒实力，保留对未来的希望，未来便会更加美好。这首诗借景抒怀，颇有劝诫和鼓舞的意味，积极向上。

村居

清·高鼎（？）

草长莺飞二月天，拂堤杨柳醉春烟。
儿童散学归来早，忙趁东风放纸鸢。

| 辑 评 |

【清】许梿《文絮笺注》：体物浏亮，斯为不负。

| 赏读 |

高鼎是晚清诗人，大约生活在鸦片战争之后。这首诗全无晚清气象，大约因为诗人写的是远离战争的农村，写得自然清新，生机勃勃。

一二句写村中的春景。早春二月的乡村，小草刚冒出嫩芽，黄莺在天上飞来飞去。“草长莺飞”是动态的，精妙地表现出草木的生长和动物的生活状态，令人感受到春天在慢慢复苏，万物在生发着活力。杨柳垂下长长的枝条轻拂堤岸，像是醉在春天的烟雾里。这里的“拂”“醉”二字，诗人将杨柳拟人化了，如此良辰春景，连杨柳都要醉倒，更何况人呢！

三四句由景写到人，孩子们从学堂归来，赶紧趁着东风放风筝，一派天真烂漫的景象。儿童总是容易与春天联系在一起的，如此年纪正是处在他们人生的春天，正在成长，生发着活力。

整首诗极具画面感，在这样一幅乡村春景图里，有青草、黄莺还有杨柳、春烟，已经令人沉醉。而画外一群孩童跑入画里，放着风筝，欢声笑语，不仅没有扰乱原本的静谧，反而增添了一种生机与活力。全诗充满诗意和情趣，诗人对春的喜爱之情也溢于言表。

词

小磨诗坊·春

清平乐

后蜀·欧阳炯（896—971）

春来街砌，春雨如丝细。春地满飘红杏蒂，春燕舞随风势。

春幡细缕春缯，春闺一点春灯。自是春心撩乱，非干春梦无凭。

|辑 评|

【清】沈雄《古今词话·词品》：欧阳炯《清平乐》，通首十春字。初在句首，既入句中，始则单行，旋而双见。

【清】况周颐《历代词人考略》：欧阳炯词，艳而质，质而愈艳。行间句里，却有清气往来。

赏读

欧阳炯是晚唐五代的一位重要词人，他的词多写艳情，非常秾丽。这首词读来非常特别，因为全篇八句句句嵌春，总共竟有十处“春”字，满眼春意。

首句“春来”点明时间。上片描绘了美妙的自然春景：春天来了，街边的石阶前，细雨如丝，地上到处都是红杏凋零后的花蒂，燕子随着风起舞。

下片则由写景转向写人。春幡是用彩色绸布剪成的细长条的小旗，古代立春之日，女子常将春幡缀在花枝上，或者系在发簪上来迎接春天。春缯是指用来做春幡的丝织品。闺阁中的女子，白日里做着为了迎春的春幡，想装饰在发簪上，可又能给谁看呢？到了夜晚，也只有小小的一盏灯与她作伴，映照着她孤独的身影。她苦等的丈夫不知何时才能回来，女子便只能寄希望于梦里相逢，而当美梦初醒，美好如同幻梦泡影般消失，心中更添一份惆怅。使人烦闷的不是春景，不是春梦，而是自己一颗缭乱的春心。

“春”字贯穿全篇。从结构上安排也很巧妙，从春天特有的风景，到女子的闺房，再到女子的情绪，“春”字重叠使用，层层递进、铺垫，将闺中人的春情表现得淋漓尽致。整首词读起来也富有节奏感音乐美。

相见欢

南唐·李煜（937—978）

林花谢了春红，太匆匆。无奈朝来寒雨晚来风。

胭脂泪，相留醉，几时重。自是人生长恨水长东。

辑评

【清】谭献《词辨》：濡染大笔。

俞陛云《唐五代两宋词选释》：后主为樊若水所卖，举国与人。词借伤春为喻，恨风雨之摧花，犹逆臣之误国，迨魁柄一失，如水之东流，安能挽沧海尾间，复鼓回澜之力耶！

赏读

北宋太祖开宝八年（975），南唐兵败降宋，最后一位君主李煜被俘北上，囚禁于汴京(今河南开封)两年多。亡国之痛、囚禁生活使李煜感到极大的痛苦，这首词便是当时所写，词人无限的愁恨都寄寓在这暮春残景之中。

上片以林花着笔，描写暮春之景，林花是春天最具标志的景色，春红是春天最明丽的色彩，美好的事物却“谢了”，令人叹惋。接下来词人抒发感慨：花开花落，都太过匆匆，也是无可奈何啊，花儿怎么经得起那整日凄风苦雨的摧残呢？表现出对花儿的怜惜和对风雨的怨恨，也道出了囚禁生活的无可奈何和伤感。

下片“胭脂泪”巧妙化用杜甫的名句“林花着雨胭脂湿”，用拟人的手法，表现了林花被风雨摧残后，落红带雨的明艳动人，像是美人双颊上顺着泪水流淌的胭脂。词人怜爱落花，却说“相留醉”，仿佛落花也有情了，互相留恋，如醉如痴。花与人惺惺相惜，却不能永久相守，也不知何时才能再次相逢。结句“自是人生长恨水长东”一气呵成，满腔的苦闷、愤恨如水般倾泻而出，与他另一首词作《虞美人》中的“问君能有几多愁，恰似一江春水向东流”有异曲同工之妙。

破阵子·春景

宋·晏殊（991—1055）

燕子来时新社，梨花落后清明。
池上碧苔三四点，叶底黄鹂一两声，
日长飞絮轻。

巧笑东邻女伴，采桑径里逢迎。
疑怪昨宵春梦好，元是今朝斗草赢，
笑从双脸生。

赏读

这首词描写了农家的春景和少女的生活片段。

上片写自然景色。新社，在立春后、清明前，是春天祭祀土地神的日子。“燕子来时新社，梨花落后清明。”点出时令的变化，季节性参照物也在变化着。燕子飞来说明春社来了，梨花落后就到了清明节。接下来，时间继续推移，已经有暮春的景象了：几片碧苔点缀着池中清水，树上枝叶里传来黄鹂的歌声，那柳絮在晴空下飞舞。选取的景物都是春天常见的景象，而诗人从空中燕写到树上花，再由池上苔写到树上鸟，最后又写空中柳絮，给人一种高低交错、视觉听觉应接不暇的感受，令人身临其境，发现春天无处不在，充满着闲情雅趣。

在这美好的春日，东边邻家的少女在采桑的路上相遇了，我们仿佛听到她们的欢声笑语，一个说：“你今天怎么这么高兴呢？”另一个回答说：“怪不得我昨晚做了一个美梦，原来是今天斗草我要赢的预兆呀！”说着，两人不由得都浮现出了笑意。作者用白描的手法，简单几笔勾勒出天真可爱的少女形象。

整首词清新明丽，美丽的春景更衬出少女的美好可爱，少女的天真活泼又增添了春天的活力。景与人浑然一体，构成春日里最明丽动人的景象。

玉楼春·春恨

宋·晏殊（991—1055）

绿杨芳草长亭路，年少抛人容易去。
楼头残梦五更钟，花底离情三月雨。
无情不似多情苦，一寸还成千万缕。
天涯地角有穷时，只有相思无尽处。

|辑 评|

【明】李攀龙《草堂诗余隽》：春景春情，句句逼真，当压倒白玉楼矣。

【清】陈廷焯《白雨斋诗话》卷五：晏元献之“楼头残梦五更钟，花底离愁三月雨”……婉转缠绵，深情一往，丽而有则，耐人寻味。

俞陛云《唐五代两宋词选释》：夏闰庵谓后半阕惟极写“离愁”二字，若南宋人为之，必别出一意，断不如此直说。此等处正宜着眼。

赏读

这首词以闺中女子的口吻，抒发离别相思之苦。

上片起句点明时间地点，这是一个绿杨茂盛、芳草连天的春日，长亭古道历来是送别的地方，为后文离愁别绪的抒发作铺垫。我那年少的恋人轻易就抛弃我而去了，“容易”二字含有埋怨薄情郎君的语气。“楼头残梦五更钟，花底离情三月雨”写的是恋人离去后，女子深深的思念和孤苦。无边的深夜里，五更的钟声扰醒了她的残梦，窗外春雨连绵，似她化不开的愁绪，那些花朵好像也通离情，在风雨中黯然飘落。这两句对仗工整，幽美含蓄，表现了缠绵浓郁的思念之情。

下片采用白描的手法，直抒胸臆。无情之人当然不像多情之人这样愁苦，女子深知如此，却无法做到无情。正是因为多情所以愁苦，一寸相思可以纷乱成千丝万缕的思绪。天涯地角也有到头的时候，只有相思之情无穷无尽。这里以无情反衬多情，将天地尽头与相思无尽对比，表现出绵绵不尽的相思苦情，也有一种无怨无悔的意味。整首词感情真挚，含蓄婉转，令人回味。

玉楼春·春景

宋·宋祁（998—1061）

东城渐觉风光好，縠皱波纹迎客棹。
绿杨烟外晓寒轻，红杏枝头春意闹。
浮生长恨欢娱少，肯爱千金轻一笑。
为君持酒劝斜阳，且向花间留晚照。

辑评

【清】刘体仁《七颂堂词绎》：一“闹”字，卓绝千古。

【清】王国维《人间词话》：着一“闹”字而境界全出。

赏读

这首词是宋祁游赏春景时所写，勾勒出绚烂如画的早春图景，也表达了人生如梦的慨叹和热爱生命、珍惜美好时光的情怀。

上片描写春景。起句泛写东城的春光好，以下三句写具体的景致。“縠皱波纹迎客棹”用比喻和拟人的手法，将水波描绘得灵气动人。湖面上的波纹像皱纱一样，迎接着客船的到来，堤岸上杨柳如烟，在朝霞晨雾里轻轻飘舞，多么清新美丽的湖光春景！“红杏枝头春意闹”是一句点睛之笔，以春花来表现春光并不稀奇，难得的是词人的一个“闹”字，把视觉和听觉打通，用拟人的手法将红杏争相开放的盛况写得活灵活现，甚至还能联想到枝头百鸟和鸣、蜂飞蝶绕，点染出浓浓的春意。

下片笔锋一转，抒发作者的感慨，也是词人的自我反思。身为朝廷官员，常年浮沉于名利场，这样纵情自然山水的机会太少，所以有浮生如梦、恨欢娱太少的感慨。此时的春光是多么可贵，宁愿抛掷千金也要珍惜这一刻的快乐。所以词人最后引出“为君持酒劝斜阳，且向花间留晚照”两句，想要为同游的友人举酒挽留夕阳，希望它在花丛中多陪伴些时候。这样的愿望是无理的，却也是诗人情难自禁的心愿，表现出词人对美好春光的热爱和留恋。

整首词语言精美，“红杏枝头春意闹”是千古名句。词中表现的热爱生活、珍惜美好时光的态度也值得我们学习。

蝶恋花·春景

宋·苏轼（1037—1101）

花褪残红青杏小。燕子飞时，绿水人家绕。枝上柳绵吹又少，天涯何处无芳草。

墙里秋千墙外道。墙外行人，墙里佳人笑。笑渐不闻声渐悄，多情却被无情恼。

|辑 评|

【明】俞彦《爰园词话》：古人好词，即一字未易弹，亦未易改。子瞻“绿水人家绕”，别本“绕”作“晓”，为《古今词话》所赏。愚谓“绕”字虽平，然是实境；“晓”字无皈着，试通咏全章便见。

俞陛云《唐五代两宋词选释》：絮飞花落，每易伤春，此独作旷达语。下阕墙内外之人，干卿底事，殆偶闻秋千笑语，发此妙想，多情而实无情，色是空，公其有悟耶？

| 赏读 |

对于这首词的写作年代，学界历来有分歧，有密州、黄州、定州、惠州时期等多种说法。大部分学者认为这首词写于 1095 年春，苏轼贬谪惠州时期。这首词将惜春之情写得缠绵婉转，流露出通透旷达的心态。

暮春时节，百花凋零，"褪"字既是花瓣凋落，也是花色淡了，如今杏树枝头只剩下颜色浅淡的残花，还冒出了小小的青杏。燕子在空中飞舞，清澈的流水围绕着村落人家。枝上的柳絮被风吹得越来越少了。但是作者紧接一句"天涯何处无芳草"，意思是不要担心，到处可以看到茂盛芳草。这句寄托了诗人追求美好事物的旷达心态。

"墙里秋千墙外道。墙外行人，墙里佳人笑。"一道短墙，将墙里墙外的人相阻隔，墙内有欢快的生活，是年轻而富有朝气的生命，墙外则是赶路的行人。行人听到女子欢乐的笑声，却无法看到她的模样，等待笑声渐渐消散了，行人仍然在墙外等候着，然而墙里女子并不知道墙外有个男子正为她苦恼。这便是"多情却被无情恼"的惆怅。诗人这几句不仅是写爱情，更是表露心绪。被贬谪岭南，但一直心系朝廷，无奈被小人阻隔，含蓄地流出作者一心报效朝廷，却被贬谪的惆怅和失落。

武陵春·春晚

宋·李清照（1084—1155？）

风住尘香花已尽，日晚倦梳头。
物是人非事事休，欲语泪先流。
闻说双溪春尚好，也拟泛轻舟。
只恐双溪舴艋舟，载不动许多愁。

| 赏读 |

这首词是宋高宗绍兴五年（1135），李清照避难浙江金华时所写。当时她已经五十三岁，此时金兵进犯，丈夫病故，词人孑然一身，在战火中漂泊他乡，处境凄惨。这首词借暮春之景，勾出心中的悲苦。

上片从狂风过后的情景写起，风停了，尘土中有落花的香气。虽然没有直接写狂风是如何摧残花朵，但我们已经看到了结果——花儿已凋落殆尽。日头已经升得老高，词人却懒得梳妆打扮。“物是人非事事休”写明了词人心中愁的原因：风物依旧是原样，人却不同了。睹物思人，物是人非。“事事休”三字写尽了词人心中所愁：金兵侵略，朝廷偏安，丈夫去世。想要诉说苦衷，眼泪却先落下，只能叹一句，一切都没有意义了。

下片进一步抒发凄凉愁苦的心情。连用“闻说”“也拟”“只恐”三组虚词，将词人的思想活动层次表现得一波三折。首先是听说双溪的景色不错，接着也计划过去那里泛舟。转而否定了泛舟计划，恐怕双溪的小舟，载不动我太多的愁。在词人的笔下，抽象的“愁”有了重量，还可以用船来承载。化抽象为具体，造意新奇，抒发了词人无比深重的愁苦。

整首词哀婉深沉，虽然只在末尾出现一个“愁字”，但整首词处处流露着无边的愁绪。

忆王孙·春词

宋·李重元（？）

萋萋芳草忆王孙。柳外楼高空断魂。

杜宇声声不忍闻。欲黄昏，雨打梨花深闭门。

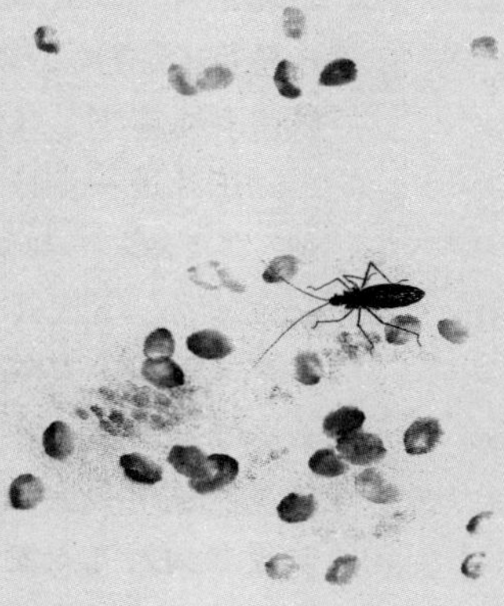

赏读

李重元，约宋徽宗宣和四年（1122）前后在世，生卒年和生平不详，工词。《全宋词》收录《忆王孙》词四首，都是别具风格的小令佳作，副题分别为《春词》《夏词》《秋词》《冬词》，表现了怀念王孙远游未归的共同主题。这首是第一篇。

首句点明了季节，并暗示了诗歌的主旨。“萋萋芳草忆王孙”化用了刘安《招隐士》赋中的“王孙游兮不归，芳草生兮萋萋”的句子，写出这时节是在芳草萋萋的暮春。“柳外楼高空断魂”，登上高楼，凭窗远眺，更觉得孤单寂寞，不觉悲从中来，益觉伤悲。“杜宇声声不忍闻”，杜鹃的鸣声凄厉，更能引起思念亲人的悲凄之情，让人不忍再听。“欲黄昏，雨打梨花深闭门。”句抒写黄昏时分，天下起了雨，将梨花打落满地，伤情离绪更进一层。因为不忍心再满地的落花，所以紧闭了门户。全诗一句一层渲染，层层推进，直至最后“深闭门”，以“雨打梨花深闭门”作结，给人以无穷遐思和凄凉。

这首小令虽然用的都是传统的意象，比如芳草、烟柳、杜鹃、春雨、梨花等等，但却赋予这些意象以愁离别绪，情景交融，意境深远而韵味悠长。

蝶恋花·送春

宋·朱淑真（1135？—1180？）

楼外垂杨千万缕。欲系青春，少住春还去。犹自风前飘柳絮。随春且看归何处。

绿满山川闻杜宇。便做无情，莫也愁人苦。把酒送春春不语。黄昏却下潇潇雨。

|辑 评|

【明】田汝成《西湖游览志余·香奁艳语》：淑真诗词多柔媚，独《清昼》一绝，《送春》一词，颇疏俊可喜。

【明】沈际飞《草堂诗余续集》：朱淑真《送春》，满怀妙趣，成片里出。体物无问之言，淡情深感。

【清】李佳《左庵词话》：情致缠绵，笔底毫无沉闷。